河東先生集

4

[唐] 柳宗元 撰

明嘉靖濟美堂本

讀者出版社

河東先生集卷第二十五

序隱遁道儒釋

凌助教蓬屋題詩序（凌助教士燮蘇州吳人）

儒有蓬戶甕牖而自立者（禮記儒有蓽門圭窬蓬戶甕牖）河間凌士燮（士燮系出河間）窮討六籍皆有著述而尤邃春秋為儒官守道端莊植志不回（回邪也）在京師十二年家本吳也欲歸而不可得遂構蓬室以備揖讓之位棟宇簡易僅除風雨（詩風雨攸除除去也）蓋大江之南其舊俗也由是不出環

堵禮記儒有一畝之宫環堵之室方丈曰堵坐入吳句包山震澤震澤中有包山包山亦曰椒山即春秋所謂夫椒是也震澤亦曰具區即今之太湖是也在吳縣南若在牖外所謂求仁而得論語求仁而得仁又何怨斯固然歟與夫南音越吟成八年左傳晉人以楚大夫鍾儀歸囚諸軍府九年晉侯使與之琴操南音史記越人莊舄仕楚而病楚王曰舄越之鄙細人也今仕執圭亦思越否中期曰彼思越則越聲不思則楚聲使人聽之猶越聲也望而不獲者異曰道也夫厚人倫懷舊俗詩序先王以是經夫婦成孝敬厚人倫美教化又曰國史吟咏情性以諷其上達於事變而懷其舊俗者也固六義之本詩序故詩有六義焉羣公是以有

發德之什書在屋壁余叙而引之

送韓豐羣公詩後序（萬州刺史韓某子三人慎豐泰慎爲温縣主簿公有誌豐字茂實泰字安平此送茂實也）

春秋時晉有叔向者（晉大夫羊舌職之子曰赤字叔向一字叔譽伯華之弟也）垂聲邁烈顯白當世而其兄銅鞮伯華（魯襄公三年伯華爲銅鞮大夫代其父爲中軍尉家語孔子聞處歎曰向使銅鞮伯華無死天下其有定矣春秋注銅鞮晉別縣在上黨○鞮音題）匿德藏光退居保和士大夫其不與叔向游者罕知伯華矣然仲尼稱叔向曰遺直由義（昭十四年左傳仲尼曰叔向古

之遺直也治國制刑不隱其親又曰殺親益榮猶義也夫左傳作猶義家語作由義又稱伯華曰多聞內植家語其爲人之淵源也多聞而難誕內植足以没其世蓋銅鞮伯華之行也進退兩尊榮於策書故羊舌氏之美至于今不廢宗元常與韓安平遇於上京貞元九年公中進士十一年泰中進士追用古道交於今世以是知吾兄矣兄字茂實敦朴而知變弘和而守節溫淳重厚與直道爲伍常績文著書一作嘗又著書言禮家之事條綜今古綜作弄切大備制量遺名居實澹泊如也澹音淡他日當爲達

者稱焉連上文意達者謂孔子也史記吾聞聖人之後雖不當世必有達者今孔丘年少好禮其達者與○達一作識在吾儕乎則韓氏之美亦將焜燿於後矣焜胡本切燿弋笑切今將浮游淮湖觀藝諸侯凡知兄者咸出祖于外大水趙佶秉翰序事殷勤宣備詞旨甚當余謂春秋之道或始事或終義杜預左氏傳序傳或先經以始事或後經以終義大易之制序卦處末然則後序之設不為非經也於是編其餞詩若干篇紀于末簡以貺行李遂抗手而別一本有豐之季弟泰知名與余善十字

送婁圖南秀才遊淮南將入道序 本無將入道三字

僕未冠求進士貞元六年公求進士年十八故曰未冠聞婁君名甚熟其所爲歌詩傳詠都中通數經及羣書當時爲文章若崔比部崔鵬字元翰貞元六年自知制誥罷爲比部郎中于衛尉于邵字相門相與稱其文衆皆曰納言曾孫也婁師德武后時以撫定河比進納言世稱爲長者而又有是咸推讓爲先登後十餘年僕自尚書郎謫來零陵永貞元年公自禮部員外郎貶永州司馬零陵永州覯婁君

說文覯遇見也猶爲白衣居無室宇出無僮御僕深異而訊之乃曰今夫取科者交貴勢倚親戚合則揷羽翮生風濤沛焉而有餘吾無有也不則饜飲食馳堅良堅車良馬以歡于朋徒相貿爲資說文貿以貨易財也相易爲名有不諾者以氣排之吾無有也不則多筋力善造請朝夕屈折於恒人之前走高門邀大車矯笑而僞言卑陬而姁媮姁媮美也上音虛又吁句切下音俞偷一旦之容以售其伎吾無有也自度卒不能堪其勞故舍

之而遊逾湖江出豫章至南海今洪州即豫章今廣州即南海也復由桂而下也少好道士言餌藥爲壽未盡其術故往且求之僕聞而愈疑往時觀得進士者不必若婁君之言又少能類婁君之文學少一作不又無納言之大德以爲之祖無比部衛尉以爲之知而升名者百數十人今婁君非不足也顧不樂而遁耳因爲余留三年他日又曰吾所以求於心者未克今其行也余既異其遁於名而又德其久留於我也

故爲之言夫君子之出以行道也其處以獨
善其身也今天下理平主上亟下求士之詔
（亟丘吏切）婁君智可以任職用事文可以宣風歌
德行於世必有合其道而進薦之者遽而爲
處士吾以爲非時將曰老而就休耶則甚少
且銳羸而自養耶則甚碩且武問其所以處
咸無名焉若苟焉以圖壽爲道又非吾之所
謂道也夫形軀之寓於土非吾能私之幸而
好求堯舜孔子之志唯恐不得幸而遇行堯

舜孔子之道唯恐不慊若是而壽可也求之而得行之而慊說文慊不滿也又愜也○慊苦簟切雖天其誰悲今將以呼噓爲食咀嚼爲神咀子與切嚼疾爵切無事爲閑不死爲生則深山之木石大澤之龜蛇皆老而久其於道何如也僕嘗學於儒持之不得以陷於是以出則窮以處則乖其不宜言道也審矣以吾子見私於僕而又重其去故竊言而書之而密授焉

送易師楊君序

世之學易者率不能窮究師說本承孔氏而妄意乎物表爭伉乎理外（伉儷敵也○伉苦浪切一作能）務新以爲名縱辯以爲高離其原振其末故義文周孔之奥詆冒混亂人罕由而通焉不違古師以入道妙若弘農楊君者其鮮矣御史中丞崔公（時崔能爲永州刺史）博而守儒達而好禮故楊君之來也館于燕堂饋之侯食（一作饋日以侯食）命合邦之學者論說辯問貫穿上下（漢書司馬遷貫穿上下數千載間）揮散而咸同幽昬而大明言若誕

而不乖於聖理若肆而不失於正不爲他奇以立名氏姑務達其旨而已古人謂駕孔子之說者楊子仲尼駕說者也不在諸儒乎如將復駕其所說則莫若使諸儒金口而木舌駕猶傳也楊君固其徒歟宗元以爲太學立儒官傳儒業宜求專而通新而一者以爲冑子師書命夔典樂教冑子昔嘗遊焉而未得其人今天下外多賢違帥方伯朝廷立槐棘之下周禮秋官朝士掌建邦外朝之法左九棘孤卿大夫位焉右九棘公侯伯子男位焉面三槐三公位焉皆用儒先先猶言先生也漢有鄭先而楊君之道未列

於博士則誰咎歟無乃隱其聲含其美以自
窮歟夫以退讓自窮於豐富之世以貽有位
者羞是習易之說而廢其道也於將行而問
以言敢以變君之志

送徐從事北遊序（徐從事一本作徐生）

讀詩禮春秋莫能言說其容貌充充然而聲
名不聞傳於世豈天下廣大多儒而使然歟
將晦其說諱其讀不使世得聞傳其名歟抑
處於遠仕於遠不與通都大邑豪傑角其伎

而至於是歟不然無顯者爲之倡以振動其
聲歟令之世不能多儒可以蓋生者觀生亦
非其晦諱其説讀者然則餘二者爲之決矣
生北遊必至通都大邑通都大邑必有顯者
由是其果聞傳於世歟苟聞傳必得位得位
而以詩禮春秋之道施於事及於物思不負
孔子之筆舌能如是然後可以爲儒儒可以
説讀爲哉

送詩人廖有方序公嘗有答貢士廖有方論文書云今

其產

不自料而序秀才即謂此也公此序與昌黎送廖道士序大意一同

交州交州在廣之南唐時隸安南通天竺道南海番禺合浦交趾皆其所屬郡也多南金金出於南者爲良故稱南金張華見兼紀贍等曰皆南金也珠璣說文珠不圓者爲璣○璣音幾瑇瑁異物志云瑇瑁如黿生南海大者如籧篨背上有鱗鱗大如扇○有文章將作器則煑其鱗如柔皮○瑇音代瑁音昧象犀皆奇怪至於草木亦殊異吾嘗怪陽德之炳燿獨發於紛葩瓌麗紛葩謂草木說文葩華也瑰麗謂南金珠璣之類麗美也○葩披巴切瓌姑回切而罕鍾乎人也鍾當今廖生剛健

重厚孝悌信讓以質乎中而文乎外（中一作內）爲唐詩有大雅之道夫固鍾於陽德者耶是世之所罕也今之世恒人其於紛葩瓌麗則凡知貴之矣其亦有貴廖生者耶果能是則吾不謂之恒人也（一作矣）實亦世之所罕也

送元十八山人南遊序（昌黎集有贈元十八協律詩云吾友柳子厚其人藝且賢吾未識子時已覽贈子篇公嘗有送浩初序云退之寓書罪余見送元生序不斥浮圖皆謂此序也元十八未詳其名唯白樂天遊大林寺序有河南元集虛

者疑卽其人也

太史公嘗言世之學孔氏者則黜老子學老子者則黜孔氏道不同不相爲謀史記老子傳世之學老子者則絀儒學儒學亦絀老子道不同不相爲謀者豈謂是耶余觀老子亦孔氏之異流也不得以相抗又況楊墨申商楊朱墨翟申不害商鞅也刑名縱橫之說漢藝文志九流則刑名縱橫家其迭相訾毀抵捂而不合者可勝言耶然皆有以佐世太史公沒其後有釋氏固學者之所怪駭舛逆其尤者也今有河南元生者

其人閎曠而質直物無以挫其志其爲學恢博而貫統數無以躓其道（一有而字 躓音質）悉取向之所以異者通而同之搜擇融液與道大適咸伸其所長而黜其奇衺（奇衺不正也 衺與斜同）要之與孔子同道皆有以會其趣而其器足以守之其氣足以行之不以其道求合於世常有意乎古之守雌者（老聃云知其雄守其雌爲天下谿知其榮守其辱爲天下谷○守雌一本作存雌）及至是邦以余道窮多憂而嘗好斯文留三旬有六日陳其大方勸以爲

諭余始得其爲人今又將去余而南歷營道

營道漢縣名屬零陵郡觀九疑郡國志營道南有九疑山山海經注云其山九

谿皆相似故曰九疑也下灕水漢武紀將軍出零陵下灕水注灕水出零陵○

灕力支切漢書作離字窮南越以臨大海則吾未知其

還也黄鵠一去青冥無極安得不憑豐隆豐隆

雲師楚詞吾使豐隆乘雲兮是也翹蜚廉呂氏春秋曰蜚廉風伯名又張揖曰

風伯字蜚廉以寄聲於寥廓耶

送賈山人南遊序

傳所謂學以爲已者論語古之學者爲已是果有其人

◎

乎吾長京師三十三年公生於代宗大曆八年至德宗貞元五年年十七舉進士九年登第十四年中博學宏詞科爲集賢正字十七年調藍田尉十九年拜監察御史二十一年順宗立遷禮部貞外郎是爲三十三年遊鄉黨入太學取禮部吏部科校集賢秘書出入去來凡所與言無非學者蓋不啻百數然而莫知所謂學而爲已者及見逐於尚書居永州憲宗即位公以附王叔文出爲邵州刺史十一月貶永州司馬在永凡十載刺柳州元和十年正月始召公至京師三月復出爲柳州刺史所見學者益稀少常以爲今之世無是決也居數月長樂賈景

伯來（景宣）作與之言遂於經書博取諸史群子昔之爲文章者畢貫統（畢一作必）一言未嘗詖（孟子詖辭知其所蔽詖險陂也彼義切）行未嘗怪其居室愔然不欲出門（愔靜也於今切）其見人侃侃而肅（侃侃和樂之貌）召之仕怏然不喜導之還中國視其意夷夏若均莫取其是非曰姑爲道而已爾若然者其實爲已乎非已乎使吾取乎今之世賈君果其人乎其足也則居其匱也則行行不苟之居不苟容以是之於今世其果逃於匱乎吾名

遂祿貶言見疵於世奈賈君何於其之也即其舟與之酒侑之以歌歌曰克乎巳（一有之字）居或以匱（一有乎字）巳之虛或盈其廬孰匱孰克爲泰爲窮君子烏乎取以寧其躬若君者之於道而巳爾世孰知其從容者耶

送方及師序

代之游民（游民閑民無職事者）學文章不能秀發者則假浮屠之形以爲高其學浮屠不能愿愨者則又託文章之流以爲放以故爲文章浮屠

率皆縱誕亂雜世亦寬而不誅今有方及師
者獨不然處其伍伍曹伍也介然不踰節交於物
冲然不苟狎遇達士述作手輒繕錄復習而
不懈行其法不以自怠至於踐青折萌汎席
灌手雖小教戒未嘗肆其心是固異夫假託
爲者也薛道州劉連州文儒之擇也館焉而
備其敬歌焉而致其辭薛道州伯高也劉連州禹錫也公有道州
文宣王廟碑云河東薛公伯高由尚書刑部
郎中爲道州禹錫亦有送僧方及南謫柳員
外詩序云予爲連州居無何而方及至出祴
中詩一篇以貺予其詞甚富留一歲觀其行

結矩如教益多之此序所以舘焉而備其敬歌焉而致其詞蓋謂此也夫豈貸而濫歟余用是得不繫其說以告于他好事者

送文暢上人登五臺遂遊河朔序 昌黎

集有送浮屠文暢序云文暢喜為文章其周遊天下凡有所行必請於縉紳先生以求詠歌其志貞元十九年春將行東南柳君宗元為之詩然公之詩今無傳矣韓又有送文暢師北遊詩意與公此序同時作

昔之桑門上首 桑門沙門也表宏云沙門漢言息也蓋息意去欲而歸於

無爲也東漢楚王英奉黃縑白紈詣相國曰
以贖愆罪詔報曰其還贖以助伊蒲塞桑門
之饌盛好與賢士大夫游晉宋以來有道林支遁
字道林晉史王羲之傳會稽有佳山水名士
多居之謝安未仕時亦居焉孫綽許詢支遁
等皆以文義冠世並築室東土與羲之同好
嘗與同宴集於會稽山陰之蘭亭謝安傳安
寓居會稽與王羲之及高陽許詢桑門支遁
遊處出則漁弋山水入則言詠屬文無處世
意道安習鑿齒傳時有桑門釋道安俊辯有
高才自北至荊州與鑿齒初相見道
安曰彌天釋道安鑿齒曰四
海習鑿齒時人以爲佳對遠灋師東晉釋
慧遠也
住廬山廬山記云遠法師送陶元亮休上人
陸脩靜不覺過虎溪因相與大笑
宋桑門惠休姓湯氏宋書謝靈運孫超宗隨
父嶺南元嘉末得還與惠休道人來往又文

徃一作住

選有休上人詩與鮑昭明遠詩相接意明遠亦當時與之游從者其所與游
則謝安石王逸少習鑿齒謝靈運鮑昭之徒
解並見上皆時之選由是眞乘法印與儒典並用
而人知嚮方今有釋文暢者道源生知善根
宿植深嗜法語忘甘露之味服道江表蓋三
十年謂王城雄都宜有大士遂躡虛而西驅
錫逾紀紀十二年也而秦人蒙利者葢衆秦謂長安雲
代之間雲代二州名有靈山焉靈山即謂五臺也在代州屬河東道
與笠乾鷲嶺笠乾鷲嶺二山名角立相望而往解脫

者去來回復如在步武則勤求秘寶作禮大聖非此地莫可故又捨筏西土振塵朔陲（音垂）將欲與文殊不二之會（與音預）脫去纖累超詣覺路吾徒不得而留也天官顧公（貞元十八年顧少連爲吏部侍郎吏部乃天官也）夏官韓公（韓皐爲兵部侍郎）廷尉鄭公吏部郎中楊公劉公（一無劉公二字）有安石之德逸少之高（一有晉字）鑿齒之才皆厚於上人而襲其道風佇立瞻望（詩佇立以泣）懼往而不返也吾輩常希靈運明遠之文雅故詩而序之又從

而諭之曰今燕魏趙代之間天子分命重臣典司方岳辟用文儒之士以緣飾政令服勤聖人之教尊禮浮屠之事者比比有焉比次也薄必切上人之往也將統合儒釋宣滌疑滯然後茂衣裓之贈釋典有衣裓○裓古得切委財施之會不顧矣其來也盍亦徵其歌詩以焜耀逌躅躅厨玉切逌一作逌偉長德璉之述作偉長德璉以比燕趙魏幕僚也魏志云文帝爲五官將山陽王粲字仲宣北海徐幹字偉長汝南應瑒字德璉並見友善○璉音輦豈擅重千祀哉庶欲竊觀風之職而知鄭志

耳見襄二十七年左傳〇一作而知鄭重耳

送巽上人赴中丞叔父召序重巽居永州龍興寺公嘗有酬巽上人贈新茶詩又有題巽公院五韻

或問宗元曰悉矣子之得於巽上人也其道果何如哉對曰吾自幼好佛好一作學求其道積三十年世之言者罕能通其說於零陵即永州也吾獨有得焉且佛之言吾不可得而聞之矣其存於世者獨遺其書不於其書而求則無以得其言言且不可得況其意乎今是上人

窮其書得其言論其意論一作諭推而大之逾萬言而不煩揔而括之立片辭而不遺與夫世之析章句徵文字言至虛之極則蕩而失守辯群有之夥齊謂多爲夥胡可切則泥而皆存者泥去聲其不以遠乎以吾所聞知凡世之善言佛者於吳則惠誠師荊則海雲師楚之南則重巽師師之言存則佛之道不遠矣惠誠師已死今之言佛者加少其由儒而通者鄭中書鄭中書不詳其人以時考之當是鄭絪也舊史絪傳憲宗即位遷中書舍人俄拜中書侍郎與

杜黃裳同秉國政洎孟常州孟簡字幾道元和中拜諫議大夫以伉直出爲常州刺史聽路殊躁急佞佛過甚爲時所誚嘗與劉伯芻歸登蕭俛譯次梵音中書

見上人執經而師受且曰於中道吾得以益

達常州之言曰從佛法生得佛法分皆以師

友命之今連帥中丞公柳公綽拜御史中丞李吉甫當國出爲湖南觀察使具舟來迎飾館而俟欲其道之行於遠

也夫豈徒然哉以中丞公之直清嚴重中書

之辯博常州之敏達且猶宗重其道况若吾

之昧昧者乎夫衆人之和和胡卧切由大人之倡

洞庭之南竟南海竟一作競其士汪汪也士一作土求道者多半天下一有而字一唱而大行於遠者一作焉字是行有之則和焉者將若群蟄之有雷月令仲春之月雷乃發聲始電蟄蟲咸動○羣一作居不可止也於是書以爲巽上人赴中丞叔父召序

送僧浩初序浩初龍安海禪師弟子也陳長方曰子厚作序皆平平惟送僧浩初一序真文章之法乃柳州時作

儒者韓退之與余善嘗病余嗜浮圖言訾余與浮圖遊訾毀也音紫近隴西李生礎自東都來

礎爲湖南從事元和六年請告省其父東都退之又寓書罪余時退之官東都今韓集逸此書矣且曰見送元生序謂送元十八山人序不斥浮圖浮圖誠不可斥者往往與易論語合誠樂之其於性情奭然奭一作盡不與孔子異道退之好儒未能過揚子揚子之書於莊墨申韓皆有取焉揚子曰莊周蕩而不法墨晏儉而廢禮申韓險而無化是揚子嘗取之矣○皆一作亦浮圖者反不及莊墨申韓之恠僻險賊耶曰以其夷也果不信道而斥焉以夷則將友惡來盜跖史記飛廉生惡來多力李奇注漢書云跖

秦之大而賊季札由余乎季札吳王闔廬之少子漢書鄒陽傳盜也曰秦用戎人由余而伯中國由余晉人也亡入戎能晉言非所謂去名求實者矣吾之所取者與易論語合雖聖人復生不可得而斥也退之所罪者其跡也曰髡而緇無夫婦父子不為耕農蠶桑而活乎人若是雖吾亦不樂也退之忿其外而遺其中是知石而不知韞玉也韞音蘊吾之所以嗜浮圖之言以此與其人遊者未必能通其言也且凡為其道者不愛官愛一作受不爭能樂山水

而嗜閑安著爲多吾病世之逐逐然唯印組爲務以相軋也組綬屬所以繫印軋乙甲切則舍是其焉從焉於虔切吾之好與浮圖遊以此今浩初閑其性安其情讀其書通易論語唯山水之樂有文而文之又父子咸爲其道以養而居泊焉而無求則其賢於爲莊墨申韓之言而逐逐然唯印組爲務以相軋者其亦遠矣李生礎與浩初又善今之往也以吾言示之因北人寓退之視何如也釋教戾於吾儒故退之力排之其序文暢也嘆息當

時諸公所序之詩不告以聖人之道而徒舉浮屠之說至子厚序文暢則極道其美且欲統合儒釋而一之序元暠序浩初亦無拒絶子厚不害爲忠恕也然有一說仕於戰國者尊王道不得不嚴生暴秦之後言仁政者不得不切貞元元和間此何等時耶以人主而惑西域之教大臣和之當此之時扶吾道不得不堅嫉異端不得不甚此退之所以欲人其人火其書廬其居明先王之道以導之庶幾大迷者小悟也子厚反因其徒而深之其如抱薪救火何

送元暠南遊詩 并引　劉禹錫

予策名二十年百慮而無一得然後知世所謂道無非畏途唯出世間法可盡心爾

無字鈔衍

繇是在席硯者多旁行四句之書備將迎者皆無赤髭白足之侶深入智地靜通還源客塵觀盡妙氣來宅内覩育中猶煎煉然開士元昺姓陶氏本丹陽居家世有人爵不藉其資於毗尼禪那極細窂之義於中後日習總持之門妙音奮迅願力昭荅雅聞于事佛而亟來相從或問師曠形之自對曰少失怙恃推棘心以求上乘積四十年身羸老將至而不懈始悲浚泉之有

洌今痛防墓之未遷塗芻莫備薪火恐滅諸相皆離此心長懸雖萬姓歸佛盡爲釋種如河入海無復水名然具一切智者豈遺百行求無量義者寧容斷思今聞南諸侯雅多大士思叩以苦調而布其末光無容至前有足悲者弔聞是説巳力不足而悲有餘因爲詩以送之庶幾踐霜露者聆之有惻詩曰

寶書翻譯學初成振錫如飛白足輕彭澤

因家凡幾世靈山預會是前生傳燈已悟無爲理濡露猶懷罔極情從此多逢大居士何人不解解珠纓

送元暠師序（序云元暠持劉禹錫詩引來今故附禹錫詩引于此篇前○暠古老切又音皓）

中山劉禹錫明信人也不知人之實未嘗言言未嘗不讐（讐猶中也）元暠師居武陵（武陵鼎州）有年歎矣與劉遊久且暱持其詩與引而來（劉夢得與公永貞元年同貶員外司馬劉鼎州公永州元暠時自鼎來永○暱音匿）余視之

他

申申其言勤勤其思其爲知而言也信矣余觀世之爲釋者（世字或作近世二字）或不知其道則去孝以爲達遺情以貴虚今元嵩衣粗而食菲（粗七胡切）病心而墨貌以其先人之葬未返其土無族屬以移其哀行求仁者以異終其心勤而爲逸遠而爲近斯盖釋之知道者歟釋之書有大報恩十篇咸言由孝而極其業世之蕩誕慢訑者（訑多言貌戈支切）雖爲其道而好違其書於元嵩師吾見其不違且與儒合也元嵩

陶氏子元曷本丹陽人其上爲通侯通侯本徹侯避武帝諱改爲通侯陶侃事晉封長沙郡公是爲通侯也爲高士侃曾孫潛東晉末棄官不仕爲儒先一有生字一有賢字資其儒資一作見故不敢忘孝跡其高故爲釋承其侯故能與達者遊其來而從吾也觀其爲人益見劉之明且信故又與之言重叙其事

送琛上人南遊序

佛之跡去乎世久矣其留而存者佛之言也言之著者爲經翼而成之者爲論其流而來

者謂流入中國也百不能一焉然而其道則備矣法之至莫尚乎般若經之大經一作道莫極乎涅槃世之上士將欲由是以入者非取乎經論則悖矣而今之言禪者有流溢舛誤迭相師用妄取空語而脫畧方便顛倒眞實以陷乎巳而又陷乎人又有能言體而不及用者不知二者之不可斯須離也離之外矣是世之所大患也吾琛則不然觀經得般若之義讀論悅三觀之理晝夜服習而身行之有來求者

則爲講説從而化者皆知佛之爲大法之爲廣菩薩大士之爲雄修而行者之爲空蕩而無者之爲礙夫然則與夫增上慢者異矣異乎是而免斯名者吾無有也將以廣其道而被於遠故好遊自京師而來又南出乎桂林（桂林即桂州）未知其極也吾病世之傲逸者嗜乎被而不求此故爲之言

送文郁師序

（文郁師公之族序云挾海泝江獨行山水間盡公時在永州而師來也○序一作引）

栁氏以文雅高於前代近歲頗乏其人百年間無爲書命者登禮部科數年乃一人後學小童以文儒自業者又益寡今有文郁師者讀孔氏書爲詩謌踰百篇其爲有意乎文儒事矣事一作士又遁而之釋背笈篋笈負書箱及業坂懐筆牘說文牘書版也挾海泝江獨行山水間翛翛然模狀物態搜伺隐隟隟阨塞也與隙同也登高遠望悽愴超忽遊其心以求勝語若有程督之者程謂法式也已則披緇艾緇艾衣如艾色也茹葷芹志終其

軀吾誠怪而譏焉對曰力不任奔競志不任煩拏苟以其所好行而求之而已爾終不可變化吾思當世以文儒取名聲爲顯官入朝受憎媢訕黜摧伏不得守其土者十恒八九若師者其可訕而黜耶用是不復譏其行返退而自識於其辭而去也則書以畀之

送玄舉歸幽泉寺序

佛之道大而多容凡有志乎物外而耻制於世者則思入焉故有貌而不心名而異行剛

猗以離偶〔猗古顯古縣二切〕紆舒以縱獨其狀類不一〔或有也字〕而皆童髮毀服以游於世其孰能知之今所謂玄舉者其視瞻容體未必盡思跡佛而持詩句以來求余夫豈恥制於世而有志乎物外者耶夫道獨而跡狎則怨志遠而形羈羇則泥幽泉山山之幽也閑其志而由其道以遯而樂足以去二患捨是又何爲耶既曰爲予來故於其去不可以不告也

送濬上人歸淮南覲省序

金僊氏之道蓋本於孝敬而後積以衆德歸于空無其敷演教戒於中國者離爲異門曰禪曰法曰律以誘掖迷濁世用宗奉其有脩整觀行尊嚴法容以儀範于後學者以爲持律之宗焉上人窮討祕義發明上乘奉威儀三千雖造次必備嘗以此道宣於江湖之人江湖之人悅其風而受其賜攀慈航望彼岸者蓋千百計天子聞之徵至闕下御大明祕殿以問焉導揚本教頗甚稱旨京師士衆方

且翹然仰大雲之澤以植德本而上人不勝
顧復之恩（詩顧我復我顧旋視復反復）退慄省侍之禮戀
迫上乞遂無以奪由是杖錫東顧振衣晨征
右司貟外郎劉公深明世典通達釋教與上
人爲方外遊始縈其至今惜其去於是合郎
署之友詩以貺之退使孺子執簡而序之（此與
前送楊郎中使還汴州序稱童孺之意同）因繫其辭曰上人專於
律行恒久彌固其儀形後學者歟誨于生靈
觸類蒙福其積衆德者歟覲于高堂視遠如

邇其本孝敬者歟若然者是將心歸空無捨筏登地固何從而識之乎古之贈禮必以輕先重故鄭商之犒先乘韋（僖三十三年左傳秦人伐晉及滑鄭商人弦高將市於周遇之以乘韋先牛十二犒師注乘四韋先韋乃入牛古者將獻遺於人必有以先之）魯侯之贈後吳鼎（魯襄公十九年左傳諸侯盟于督揚晉人執邾悼公以其伐我故晉侯先歸公享晉六卿于蒲圃贈荀偃束錦加璧乘馬先吳壽夢之鼎注壽夢吳子乘也獻鼎於魯因以爲名古之獻物者必有以先今以璧馬爲鼎之先）今餞詩之重皆衆吳鼎也（衆一作後）故乘韋之比得序而先之且曰由禮而不敢讓焉

河東先生集卷第二十五

東吳郭雲鵬校壽梓

河東先生集卷第二十六

記官署

監祭使壁記 注具本篇

禮檀弓曰祭禮與其敬不足而禮有餘也不若禮不足而敬有餘也檀弓上篇之文禮是謂爼豆牲牛之屬必禮與敬皆足而後祭之義行焉周禮祭僕視祭祀有司百官之戒具誅其不敬者周禮祭僕掌受命于王以眡祭祀而警戒祭祀有司糾百官之戒具既祭帥羣有司而反命以王命勞之誅其不敬者戒具牲物漢以侍御史監祠漢百官志侍御史凡

郊廟之祠及大朝會大封拜則一人監蒞儀有遺失則劾奏之唐開元禮明皇開元中張說以顯慶禮注前後不同宜加折衷以爲唐禮乃詔蕭嵩等撰定號大唐開元禮凡大祠若干中祠若干咸以御史監視祠官有不如儀者以聞舊史職官志監察御史監祭祀則閱牲牢省器服不敬則劾祭官新史志云監察御史涖宴射習射及大祠中祠視不如儀者以聞其刻印移書則曰監祭使寶應中肅宗上元二年改元寶應尤異其禮更號祠祭使俄復其初興元元年號監祭使又制凡供祠之吏雖嘗齋戒得以決罰由是禮與敬無不足者聖人之於祭祀非必神之

也蓋亦附之教焉事於天地示有尊也不肅則無以教敬事於宗廟示廣孝也不肅則無以教愛事於有功烈者示報德也（禮記法施於民則祀之以死勤事則祀之以勞定國則祀之能禦大菑則祀之能捍大患則祀之）不肅則無以勸善凡肅之道自法制始奉法守制由御史出者也故將有事焉則祠部上其日吏部上其官奉制書以來告然後須于有司以謹百事太常修其禮光祿合其物（唐志光祿卿一人凡祭祀省牲鑊濯溉）百工之役先一日咸至于祠而

考閱焉御史會公卿有司執簡而臨之（左氏云南史聞太史盡死執簡以往簡謂簡策）故其粢盛牲牢酒醴菜果之饌（粢盛音咨成）必實於庖廚鐘鼓笙竽琴瑟戛擊之樂（書戛擊鳴球注戛擊即柷敔所以止樂○戛訖黠切）簨簴綴兆之數（釋名所以懸鼓者橫曰簨縱曰簴禮記綴兆舒疾樂之文也綴謂舞者行列相連也兆謂位外之營兆○簨音筍簴音巨）必具於庭內樽罍洗（上音雷下音蘚）俎豆醆斝之器（醆斝鬱鬯罇又玉爵名○醆音盞斝音賈又音駕）必絜于壇堂之上奉奠之士贊禮之童樂工舞師洎執役而衛者（役一作殳）咸引數其

實(引數一本設筆朴于堂下以修官刑書轍作列若作官刑)而群吏莫敢不備物羅奏牘于几上以嚴天憲而衆官莫敢不盡誠而祭之日先升立于西階之上以待卒事其禮之周旋樂之節奏必周知之退而視其燔燎瘞埋(瘞亦埋也燔音煩燎音了瘞於例切)終之以敬也居常則飭四方祀貢之物(飭整也周禮以九貢致邦國之用一曰祀貢注祀貢犧牲包茅之屬)以時登于王府服器之修具祠宇之繕理牛羊毛滌之節(周禮凡陽祀用騂牲毛之陰祀用黝牲毛之望祀各以方之色牲毛之毛之取)

◎

純毛也禮記帝牛必在滌三月三宮御廩之稷牛唯具滌牢中所捜除處也實桓十四年穀梁傳甸粟而納之三宮三宮米而藏之御廩甸甸師掌田之官三宮夫人畢備而聽命焉舊以監察御史之長居是職貞元九年十二月御史多缺舊史云貞元十九年十一月監察御史崔薳入臺近不練故事違式流崖州十二月監察御史韓愈李方叔皆得罪予班在三人之下進而領焉明年中山劉禹錫禹錫亦拜監察御史始復舊制由禮與敬以臨其人而官事盜理制令有不宜于時者必復于上革而正之於是始爲記求簿書得是職者若

于人書焉

四門助教廳壁記

周人置虞庠于四郊以養國老教胄子祭統曰天子設四學蓋其制也禮記祭義天子設四學注四學謂四郊之虞庠王制周人養國老於東膠養庶老於虞庠書命夔典樂教胄子胄子國子也今云祭統誤易傳太初篇曰天子旦入東學晝入南學夕入西學暮入北學蔡邕引之以定明堂之位焉東漢志蔡邕明堂論云明堂者天子太廟所以崇禮其祖配上帝者也謹承天隨時之令昭令德宗祀之禮明前功百辟之勞起尊老敬長之義顯教幼誨穉之學

朝諸侯選造士於其中故爲大教之宮而四學具焉云云此皆明堂太室辟雍太學事通合之義也大戴禮保傅篇曰帝入東學以貴仁入南學以貴信入西學以貴德入北學以貴爵大戴禮保傅篇曰帝入東學尚親而貴仁帝入南學尚齒而貴信帝入西學尚賢而貴德帝入北學尚貴而尊爵賈生述之以明太子之教焉賈誼舉大戴禮保傅篇帝入學之教於時政書日及太子長少知妃色則入於學學者所學之宮也學禮曰云云此五學者既成于上則百姓黎民化輯於下矣故曰爲大教之宮而四學具焉參明堂之政原大教之極其建置之道弘也後魏太和中立學于四

門置助教二十人北史劉芳傳太和二十年發敕立四門博士於四門置學古之四學本在四郊至是以其遼遠故始置于四門隋氏始隷于國子而降置五人皇朝始合於太學又省至三人負位彌簡其官尤難非儒之通者不列也

四門學之制掌國之上士中士下士凡三等侯伯子男凡四等其子孫之爲胄子者舊史志四門博士三人助教三人四門博士掌教文武七品以上及侯伯子男之子爲生者胄音趙及庶士庶人之子爲俊士者舊史又云若庶人之子爲俊士生者教法如太學通四經業成上於尚書吏部試登第者加階放選也使執其

業而居其次就師儒之官而考正焉助教之職佐博士以掌皷篋榎楚之政令學記入學皷篋孫其業也榎楚二物收其威也注皷篋擊皷警衆乃發篋出所治經業榎櫝也楚荆也二者所以朴撻犯禮者○榎古雅切令分其人而教育之其有通經力學者必於歲之杪杪木末也杪音眇升於禮部聽簡試焉課生徒之進退必酌于中道非博雅莊敬之流固不得臨於是故有去而升于朝者賀秘書由是爲博士舊史賀知章舉進士初授國子四門博士遷太常博士改太子賓客授秘書監歸散騎由是爲左拾遺

歸崇敬天寶中舉博通墳典科對策第一遷四門博士有詔舉才可宰百里者復策高等授左拾遺德宗時遷翰林學士左散騎常侍舊制以拾遺爲八品清官故必以名實者居於其位貞元中王化既成經籍少間有司命太學之官頗以爲易專名譽好文章者咸耻爲學官至是河東柳立始以前進士貞元十年立中進士求署茲職天水武儒衡閩中歐陽詹又繼之是歲爲四門助教凡三人皆文士京師以爲異余與立同祖於方輿公方輿公諱僧習後魏時爲揚州大中正尚書右丞方輿公蓋公之八世祖

〇一本無於方輿公四字與武公同升於禮部貞元九年公與儒衡同舉進士〇一本武公作武君與歐陽同志於文四門助教署未嘗紀前人名氏余故爲之記而由夫三子者始

武功縣丞廳壁記

武功縣屬京兆亭言貞元十五年丞廳壁壞官署舊記皆逸後三年陳南仲居是官乃因其族子存持地圖求爲記蓋十八年也公時爲藍田尉

殷頌曰邦畿千里商頌玄鳥之文周制千里之內曰甸服王制千里之內曰甸千里之外曰釆曰流穀梁謂之寰內諸

侯爲王內臣隱元年穀梁傳祭伯來寰內諸侯非有天子命不得出會諸侯不正其外交故弗與朝也其制甚重今京兆尹理京師部二十有三縣唐之京師古雍州之地秦之咸陽而漢之長安也唐屬關內道云京兆尹理京師在隋領大興長安新豐南鄭華陰藍田鄠盩厔始平武功上宜醴泉涇陽雲陽三原宜君同官華原富平萬年高陵二十三縣唐初改爲雍州而縣之廢置亦不一幅貟之廣其猶古也詩商頌幅貟既長註幅廣也貟均也縣吏之長曰令曰丞丞之位正八品下唐制畿縣丞二人正八品下蓋丞述六職以輔其令也丞謂佐也秦漢有丞相漢表丞相秦官有左右高祖置一丞相後更名相國今尚書有

左右丞唐制尚書省令一員左右丞各一員御史中丞至于九卿之列亦皆有丞下以達天下之縣政有小大其旨同也武功爲甸內大縣按其圖古后稷封有斄之地斄后稷所封之地周紀所謂封棄于邰是也斄與邰同音邰秦作四十一縣斄美陽武功各異至是合焉漢志右扶風有斄美陽武功三縣至是合而爲一故武功爲甸內縣最大蓋嘗爲稷州已而復縣武德三年以武功好畤盩厔扶風四縣置稷州蓋因后稷所封爲名貞觀元年州廢縣皆隷京兆天授中復置稷州大足元年又廢如初其土疆沃美高厚有丘陵墳衍之大周禮大司徒辨其山

陵川澤丘陵墳衍原隰之名物注土高日丘大阜日陵水厓日墳下平日衍其植物豐暢茂遂其秬秠藿菽之宜詩生民蓺之荏菽荏菽旆旆又曰誕降嘉種維秬維秠注荏菽戎豆秬黑黍秠一稃二米○秬音巨秠音丕藿胡各切其人善樹蓺孟子后稷教民稼穡樹蓺五穀其俗有禮讓宜乎其大雅之遺烈焉上之所云秬秠藿菽見毛詩生民大雅之文貞元十五年吠邑于南里既成新城凡官署舊記壁壞文逸而未克繼之者後三年而潁川陳南仲居是官邑人宜之號爲簡靖因其族子存持地圖以來謁余爲記夫以武功

疆理之大人徒之多而陳生以簡靖輔其理斯固難矣漢高帝嘗詔天下凡以戰得爵七大夫公乘以上令丞與抗禮故爲吏恭難漢高五年詔曰七大夫公乘以上皆高爵也興曰秦民爵五大夫以上令丞與亢禮七大夫公大夫也爵第七故謂七大夫公乘爵第八之令天子崇武念功與漢初相類分禁旅以守縣道武功爲多陳生爲丞於是而又職盜賊其爲理無敗事吾庸可度哉一作吾庸可以度哉爲之記云

盩厔縣新食堂記水曲曰盩山曲曰厔縣屬京兆府○

盩音舟　厔音窒

貞元十八年五月某日新作食堂于縣内之右始會食也自兵興以來西郊捍戎（唐自天寶亂後兵政紊蕩肅宗時京畿之西以神策軍鎮之皆有屯營軍司之人散處畿内皆恃勢凌暴民間苦之此公謂西郊捍戎者也）縣爲軍壘二十有六年（肅宗乾元元年至德宗建中四年爲二十六年是歲李希烈反十月涇原節度使姚令原反犯京師德宗如奉天西郊之屯至是去矣）群吏咸寓于外兵去邑荒棟宇傾圮（圮毀也部鄙切）又十有九年不克以居由是縣之聯事（周禮祭祀之聯事賓客之聯事聯事謂通職也）離散

而不屬屬連也之欲切凡其官僚罕或覿見及是主簿其病之於是且掌功役之任廩庫既成學校既修取其餘財以構斯堂其上棟易上棟下宇以避風雨自南而北者二十有二尺周阿峻嚴周謂曰周列楹齊同其飾之文質階之高下視邑之大小與羣吏之秩不陋不盈高山在前流水在下可以俯仰可以宴樂既成得羨財可以爲食本月權其贏羨膳以充乃合群吏于茲新堂升降坐起以班先後始正位秩之叙禮

儀笑語講議徃復始會政事之要筵席肅莊
樽爼靜嘉一作籩豆靜嘉燔炮烹餁炮與炰同餁與飪同音稔益
以酒醴始獲僚友之樂卒事而退舉欣欣焉
曰惟禮食之來古也晉語悼公使魏絳反役與之禮食今京
師百官咸有斯制甸服亦王之内邑且官有
聯屬則宜統會以齊之也嚮之離而今之合
其得失也遠甚我是以肅焉而莊衎焉而和
羣疑以亡嘉言以彰旨乎其在此堂也不惟
其馨香醉飽之謂其之力也夫宜伐石以志

使是道也不替于後乃列其事來告使余書之

諸使兼御史中丞壁記

古者交政於四方謂之使今之制受命臨戎職無所統屬者亦謂之使凡使之號蓋專焉而行其道者也開元以來其制愈重故取御史之名而加焉至于今若干年其兼中丞者若干人唐初諸使未嘗加御史之名自明皇開元以來使之制愈重故有兼御史者德宗時置東都畿觀察而以留臺御史中丞爲之建中間又以御史中丞一員爲理匭

使故兼御史中丞爲使者不一嘗自開元初考之至正元二十年間其有兼中丞爲節度使者曰楊國忠曰令狐彰曰宗正卿璥曰盧羣有爲節度觀察處置使者曰蕭華有爲團練觀察使者曰李栖筠曰李道昌有爲節度觀察使者曰張獻恭有爲觀察使者曰杜亞曰衛晏曰楊頊有爲都團練使者曰吳希光曰張愔有爲經畧使者曰戴叔倫曰張正元有爲冊南詔使者曰袁滋有爲節度留後者曰田悅明皇幸蜀有爲置頓閣道使者曰韋諤曰宋若思是皆兼中丞者也外又有自爲中丞出爲使者或疏決囚徒或賑恤水旱或黜陟官吏又有兼御史大夫而使者或爲其節度或爲轉運度支鹽鐵或爲防禦諸使

使絕域統兵戎按州部專貨食而柔遠人書柔遠能邇固王畧左氏侵敗王畧畧封境也齊風俗和關石大

者戩復于内（戩音湛）拓定于外（拓音託）皆得以壯其威張其聲其用遠矣假是名以莅厥職而尊嚴若是況乎緫憲度於朝端樹風聲於天下其所以翼于君正于人者尤可以知也武公以厚德在位（貞元二十年武元衡遷御史中丞時以詳整稱重）甚宜其官視其署有記諸使中丞者而多闕漏於是求其故於詔制而又質於史氏增益備具遂命其屬書之（公時爲監察御史故云其屬）且曰由其號而觀其實後之居於斯者有以敬于事

館驛使壁記新史百官志駕部掌傳驛驛有長舉天下四方之所達爲驛千六百三十九今記所載驛凡四十七蓋邦畿之內者也

凡萬國之會四夷之來天下之道途畢出於邦畿之內奉貢輸賦修職於王都者入于近關一作入覲于關則皆重足錯轂錯交錯重平聲以聽有司之命徵令賜予徵召也布政於下國者出于甸服王制去千里曰甸服而後按行成列行乎剛切以就諸侯之館故館驛之制於千里之內尤重自萬年

至于渭南萬年渭南皆屬京兆府其驛六其蔽曰華州其關曰潼關自華而北界于櫟陽潼關在華陰華陰櫟陽屬華州其驛六其蔽曰同州其關曰蒲津自灞而南至于藍田灞水出藍田谷西北入於渭藍田京兆府縣其驛六其蔽曰商州其關曰武關自長安至于盩厔長安屬京兆府盩厔初屬京兆後屬鳳翔府盩音舟厔音至其驛十有一其蔽曰洋州其關曰華陽自武功而西至于好畤武功好畤皆京兆府縣□畤音止其驛三其蔽曰鳳翔府其關曰隴關自渭而北至于華原渭水出京

（兆華原京兆府縣）其驛九其蔽曰坊州自咸陽而西至于奉天（咸陽奉天皆京兆府縣）其驛六其蔽曰邠州由四海之内總而合之以至于關由關之内東而會之以至于王都華人夷人往復而授館者（周語司里不授館）旁午而至傳吏奉符而閱其數（傳今之驛也傳吏謂驛吏古者出入關皆合符而去）縣吏執牘而書其物告至告去之役不絶於道寓望迎勞之禮（周禮圖有寓望注境界之上有寄寓之舍候望之人）無曠於日而春秋朝陵之邑皆有傳館其飲飫餼饋（飫食多按諸韻）

字當作饇於據切咸出於豐給繕完築復必歸於整頓列其田租布其貨利權其入而用其積於是有出納奇贏之數勾會考校之政大曆十四年始命御史爲之使大曆十四年兩京以御史一人知驛號館驛使俾考其成以質于尚書季月之晦必合其簿書以視其等列而校其信宿必稱其制有不當者反之於官尸其事者有勞焉則復于天子而優升之勞大者增其官其次者降其調之數又其次猶異其考績官有不職則以

使

告而罪之故月受俸二萬于太府史五人承符者二人皆有食焉先是假廢官之印而用之貞元十九年南陽韓泰告于上泰字安平貞元二十年與公同爲監察御史始鑄使印而正其名然其嗣當斯職未嘗有記之者追而求之蓋數歲而往則失之矣今余爲之記遂以韓氏爲首且曰修其職故首之也

嶺南節度饗軍堂記

唐制嶺南爲五府五府謂廣州安南桂管邕管容管也廣州即嶺南

府部州以十數部猶管也其大小之戎大戎小戎皆兵車也詩元戎十乘以先啓行又曰小戎俴收五楘梁輈元戎所乘之車謂之大戎從後行者謂之小戎號令之用號令一作名字則聽于節度使焉其外大海多蠻夷由流求訶陵流求東夷訶陵南蠻也西抵大夏康居大夏康居西域二國名見西漢環水而國以百數則統于押蕃舶使焉嶺南節度兼押蕃舶使內之幅貟萬里商頌幅貟既長注幅廣貟均也以執秩拱稽僖二十七年左傳作執秩以正其官執秩主爵秩之名吳語曰擁鐸拱稽注云拱執也稽計兵名籍也一本作以就執秩拱玉稽時聽教命外之羈屬數萬里謂所

管羈縻州一本外字下有境字以譯言贄寶歲帥貢職合二
使之重合下一有外字以治于廣州故賓軍之事周官
五禮吉凶賓軍嘉宜無與校大且賓有牲牢饔餼詩雖
有牲牢饔餼不肯用也注牛羊豕爲牲繫養者曰牢熟曰饔腥曰餼饔熟食也餼饋餉也
上音邕下音戲嘉樂好禮左傳嘉樂不野合以同遠合疏軍
有犒饋宴饗勞旅勤歸詩出車以勞旅杕杜以勤歸以羣
力一心於是治也閈閎階序閈閎也爾雅衖門謂之閎東西
墻謂之序○閈音旰衖古巷切不可與他邦類必厚棟大梁
一作甍屋棟芒庚切夷庭高門然後可以上充於揖讓

下周於步武令御史大夫扶風公廉廣州（元和八年十二月以御史大夫扶風郡公馬摠爲嶺南節度使）且專二使增德以來遠人申威以脩戎政大饗宴合樂從其豐盈先是爲堂於治城西北陬（子侯切）其位公北向賓衆南向奏部伎于其西視泉池于其東隅奧庫側（爾雅西南隅謂之奧）庭廡下陋（一作漏）日未及晡（日加申時曰晡○晡音逋一作日未及昃）則赫炎當目汗眩更起而禮莫克終故凡大宴饗大賓旅則寓于外壘儀形不稱公於是始斥其制爲堂南

面橫八楹從十楹嚮之宴位化爲東序西又如之其外更衣之次膳食之宇列觀以游目偶亭以展聲彌望極顧莫究其往泉池之舊增濬益植以暇以息如在林壑問工焉取則師輿是供輿衆也問役焉取則蠻隸是徵問材焉取則隙宇是遷或益其闕伐山浮海農賈拱手張目視具乃十月甲子克成公命饗于新堂幢牙茸纛幢幡牙牙旗纛羽幢○幢傳江切茸而容切纛音道金節析羽周禮山國用虎節澤國用龍節皆以金爲之旃旗旟旞周禮

軍吏載旗百官載旟又曰熊虎爲旗鳥隼爲旟全羽爲旞析羽爲旌○旞音遂旆一作旂

咸飾于下鼓以鼖晉鼖音墳金以鐸鐃周禮夏官諸侯執賁鼓軍將執晉鼓卒長執鐃兩司馬執鐸鼓人曰以賁鼓鼓軍事以晉鼓鼓金奏以金鐃止鼓以金鐸通鼓注大鼓謂之賁長八尺晉鼓長六尺六寸鐃如鈴無舌有秉執而爲之以擊鼓此公與監軍使蕭上賓延群僚將校士

吏咸次于位卉裳罽衣卉罽皆蠻夷所服書島夷卉服卉草也罽氈類織毛爲之蜀西胡毳布若今毾及氍毹之類○罽音計胡夷蜑蠻南方夷曰蜑音誕睢盱就列者睢盱張目貌字林睢仰目盱張目○睢火佳切

千人以上鉶鼎體節鉶盛羹之器體謂全燔體節謂文節鉶音刑

周礼鼈人注互物謂有甲貍物龜鼈之屬自貍伏於泥中古貍莫公切

炮截炙截大臠也炙炙肉上側吏切下之夜切羽鱗貍互之物沈泛醍盎之齊周禮酒正辨五齊之名一曰泛齊三曰盎齊四曰醍齊五曰沈齊注云泛者泛泛然盎猶翁也成而翁翁然醍者色紅赤又云沈者成而滓沈○醍他禮切盎於浪切齊才詣切均飫于卒士興王之舞謂七德舞九功舞之類服夷之伎唐有西京伎天竺伎龜茲伎安國伎疏勒伎康國伎之類揳擊吹鼓之音揳先結切亦作戛吹去聲飛騰幻怪之容幻怪如魚龍曼延之戲○幻一作眩寰觀于遠邇禮成樂遍以叙而賀且曰是邪臨護之大五人合之嶺南節度兼五府討擊使非是堂之制不可以備物非公之

德不可以容衆曠于往初肇自今茲大和有人以觀遠方古之戎政其曷用加此華元名大夫也殺羊而御者不及（宣二年左傳宋華元禦楚師戰華元殺羊食士其御羊斟不與及戰曰疇昔之羊子爲政今日之事我爲政與入鄭師故敗）霍去病良將軍也餘肉而士有饑色（漢霍去病爲侍中貴不省士其從軍上爲遣太官齎數十乘既還重車餘棄粱肉而士有饑色）猶克稱能以垂到今矧茲具美其道不廢願訪于金石以永示後祀遂相與來告且乞辭某讓不獲乃刻于茲石云

邠寧進奏院記（作之年月具見本篇）

凡諸侯述職之禮（孟子諸侯朝于天子曰述職述職者述所職也）必有棟宇建于京師朝覲爲修容之地會計爲交政之所其在周典則皆邑以具湯沭其在漢制則皆邸以奉朝請（邸一本作郅同朝宿之舍在京師者請才性切漢律春日朝秋日請）唐興因之則皆院以備進奏政以之成禮於是具由舊章也皇帝宅位十一載悼邊垠之未乂惡兇虜之猶阻博求群臣以朗寧王張公爲能（張獻甫）俾其建節剖符守

股肱之郡統爪牙之職董制三軍撫柔萬人乃新斯院弘我舊制(一本作規)高其閈閎壯其門閭以奉王制以修古典至敬也以尊朝覲以率貢職至忠也執忠與敬臣道畢矣公嘗鳴珮執玉展禮天朝又嘗伐叛獲醜獻功魏闕其餘歸時事修常職賓屬受辭而來使旅賁奉章而上謁(賁音奔)稽疑於大宰質政於有司下及奔走之臣傳遽之役川流環運以達教令大凡展采於中都率由是焉故領斯院者

必獲歷閶闔登太清仰萬乘之威而通内外

之事王宮九關而不開楚詞云魂兮來歸君無上天些虎豹九關

啄害下人些注天門九重使虎豹執其關閉轅門十舍而如近斯

乃軍府之要樞一作會邠寧之能政也邠一作朗惟

公端明而厚溫裕而肅宏略特出大志高邁

施德下邑而黎人咸懷設險西陲一作摶敵西陲而

戎虜伏息獻甫至鎮斷山峻塹選巖要地築烽堡請復鹽州及洪門洛原鎮屯

兵詔可獻甫遣兵馬使魏光逐吐蕃築鹽夏二城虜衆畏不敢入寇茂功溢于

太常茂一作戎盛烈動於人聽則斯院之設乃他

政之末者也贊公於他政之末故詞不周德稱公於天子之都故禮不稱位斯古道也貞元十二年十月六日河東柳宗元爲記

興州江運記

御史大夫嚴公貞元十五年以興州刺史嚴礪兼御史大夫爲山南西道節度使礪本梓州鹽亭縣人牧于梁書華陽黑水惟梁州梁即山南西道五年自貞元十六年至二十一年爲五年嗣天子貞元二十一年順宗即位改元元貞舉周漢進律增秩之典漢書循吏傳二千石有治理效輙以璽書勉勵增秩賜金○一本舉字作用以親諸侯謂公有功德

理行就加禮部尚書新舊傳皆不載加禮部尚書是年四月使中謁者漢書百官表謁者掌賓贊受事灌嬰爲中謁者後常以閹人爲之來錫公命春秋文公元年天王使毛伯來錫公公命謂禮部尚書之命賓僚吏屬將校卒士黧老童孺塡溢公門舞躍讙呼願建碑紀德垂億萬祀公固不許而相與怨咨遑遑如不飮食扵是西鄙之人西一作四密以公刋山導江之事密一作秘或無公字願刻巖石曰維梁之西其蔽曰某山其守曰興州興州之西爲戎居歲備亭障實以精卒以道之險

臨兵困于食守用不固公患之之一無患之二字曰吾嘗爲興州凡其土人之故上一無上字吾能知之自長舉北至於青泥山又西抵于成州過栗亭川踰寶井堡崖谷峻隘十里百折負重而上若蹈利刃盛秋水潦郎到切窮冬雨雪潦一作水潦于秋雨雪于冬深泥積水相輔爲害顛踣騰藉踣僵也音匐又匹候切藉慈夜切下同血流棧道糗糧芻藁塡谷委山馬牛群畜相藉物故藉一作枕餫夫畢力說文云野饋曰餫運音守卒延頸嗷嗷之聲其可哀也若是者

綿三百里而餘自長舉之西之一作而可以導江而下二百里而至昔之人莫得知也吾受命于君而育斯人其可已乎乃出軍府之幣以備罷用即山僦功僦即又切由是轉巨石仆大木焚以炎火沃以食醯馨兮切摧其堅剛化爲灰燼畚鍤之下畚音本鍤側洽切易甚朽壤新史地理志興州長舉縣元和中節度使嚴礪自縣而西疏嘉陵江二百里焚巨石沃醯以碎之通漕以饋成州戍兵乃闢乃墾乃宣乃理隨山之曲直以休人力順地之高下以殺湍悍湍上他端切下音旱○一作水怒

◎

徒是徙

厥功既成咸如其素於是決去壅土疏導江濤萬夫呼抃莫不如志雷騰雲奔百里一瞬既會既遠澹爲安流澹一作淡烝徒謳歌詩烝徒楫之烝衆也枕臥而至戍人無虞專力待寇惟我公之功疇可侔也而無以酬德至其大願又不可得命矧公之始來屬當惡歲府庾甚虛罷備甚殫音單饑饉督札昭十九年左傳札瘥夭昏注大死曰札未名曰昏○饉音僅死徒充路賴公節用愛人克安而生老窮有養幼乳以遂不問不使咸得其志公命

鼓鑄庫有利兵公命屯田師有餘糧選徒練旅有衆孔武平刑議獄有衆不贖音瀆增石爲防膏我稻粱歲無凶災家有積倉傳館是飾傳直戀切旅忘其歸杠梁已成杠一作舡人不履危若是者皆以戎隙師士而爲之不出四方之力方一作人而百役已就且我西鄙之職官且字下一有非字故不能具舉惟公和恒直方廉毅信讓敎尚儒學揖損貴位率忠與仁以厚其誠其有可以安利于人者行之堅勇不倦終日其興

功濟物如此其大也昔之爲國者惟水事爲重故有障大澤（昭元年左傳臺駘宣汾洮障大澤顓帝嘉之封諸分川）勤其官而受封國者矣（勤其官一作爲禮記冥勤其官而水死）西門遺利史起興歎（史記西門豹爲鄴令發民鑿十二渠引河水灌民田田皆漑名聞天下澤流後世漢書溝洫志魏文侯時西門豹爲鄴令有令名至文侯曾孫襄王時與群臣飲酒王祝曰令吾臣皆如西門豹之爲人臣也史起進曰魏氏之行田也以百畝鄴獨二百畝是惡田也漳水在其旁西門豹不知用是不智也於是以起爲鄴令）白圭鑿降孟子不與（孟子曰白圭曰丹之治水也愈於禹孟子曰子過矣禹之治水水之道也是故禹以四海爲壑今吾子以鄰國爲壑吾子過矣）公能袁

一作習而循之

險休勞以惠萬代其功烈尤章章焉不可葢也是用假辭謁工勒而存之用永憲于後祀

全義縣復北門記（全義本名臨源大曆四年更名屬桂州）

賢者之興而愚者之廢廢而復之爲是循而習之爲非（一作賢之興而愚之廢恒人猶且復之爲是循之爲非）知之不足乎列也然而復其事必由乎賢者推是類以從於政其事可少哉賢莫大於成功愚莫大於恡且誣（恡音吝）桂之中嶺而邑者

曰全義衛公城之南越以平盧遵爲全義盧遵涿人公之内弟也視其城塞北門鑿他雉以出問之其門人曰餘百年矣或曰巫言是不利於令故塞之或曰以賓旅之多有懼竭其餼饋者餼許既切饋音匱欲迴其途故塞之一本迴字下作去聲二字遵曰是非怯且誣歟賢者之作思利乎人一思下有以字反是罪也余其復之詢于群吏一有群字吏叶厥謀上于大府大府以俞邑人便焉譁舞里閭居者思正其家行者樂出其途由道廢邪

一作由是道以廢邪用賢棄愚推以革物宜民之蘇若是而不列殆非孔子徒也爲之記云

河東先生集卷二十六

東吳郭雲
鵬校壽梓

河東先生集卷第二十七

記亭池

潭州楊中丞作東池戴氏堂記永貞元年

公謫永州司馬過潭而作此文

弘農公刺潭三年楊憑字嗣仁虢州弘農人貞元十八年九月自太常少卿爲潭州刺史湖南觀察使因東泉爲池環之九里或作三里丘陵林麓距其涯說文云丘土之高者又云林屬於山則爲麓爾雅云大陸曰阜大阜曰陵牧外謂之野野外謂之林坻島渚洲交其中坻小渚說文云海中有山可依止曰島爾雅云水中可居曰洲釋名云小洲曰渚○坻音遲與

（抵同）其岸之突而出者水縈之若玦焉（玦如環而决古穴切）池之勝於是爲最公曰是非離世樂道者不宜有此卒授賓客之選者譙國戴氏曰簡（晉史戴逵譙國人簡其裔也）爲堂而居之（而下一有令字）堂成而勝益奇望之若連艫縻艦（艫船後持櫂處艦今戰船也艦音檻）與波上下就之顛倒萬物遼廓卧忽樹之松栢杉櫧（杉櫧皆木名櫧似柃葉冬不凋落○櫧音諸）被之菱芡芙蕖（菱芰也）鬱然而陰粲然而榮凡觀望浮游之美專於戴氏矣戴氏嘗以文行累爲連率所

賓禮謂爲方鎮所辟也 貢之澤宮禮記射義天子將祭必先習射於澤澤者所以擇士也注澤澤宮 而志不願仕與人交取其退讓受諸侯之寵不以自大其離世歟好孔氏書旁及莊文謂莊子文子也漢書藝文志文子九篇注云老子弟子 莫不摠統以至虛爲極得受益之道易謙受益 其樂道歟賢者之舉也必以類當弘農公之選而專玆地之勝豈易而得哉地雖勝得人焉而居之則山若增而高水若闊而廣堂不待飾而已奐矣奐大也說文云奐明奐禮記云美哉輪焉美哉奐焉○奐音煥 戴

氏以泉池爲宅居以雲物爲朋徒攄幽發粹攄抽居切日與之娛則行宜益高文宜益峻道宜益懋交相贊者也既碩其內又揚于時吾懼其離世之志不果矣君子謂弘農公刺潭得其政爲東池得其勝授之得其人豈非動而時中者歟禮記君子之中庸也君子而時中於戴氏堂也見公之德不可以不記二有之字

桂州裴中丞作訾家洲亭記公刺柳時爲桂州裴中丞行立作訾姓也音紫又即移切

大凡以觀游名於代者不過視於一方其或傍達左右則以爲特異至若不驁遠驁馳也音務不陵危環山洄江洄逆流也四出如一夸奇競秀咸不相讓徧行天下者唯是得之桂州多靈山發地峭豎林立四野署之左曰灕水署州署也灕水出零陵○灕音離水之中曰訾氏之洲凡嶠南之山川越人謂山銳而高曰嶠渠妙切逹于海上於是畢出而古今莫能知元和十二年御史中丞裴公來涖茲邦裴行立元和十二年徙桂州刺史桂管觀察使都督二十七

州諸軍州事盜遁姦革德惠敷施朞年政成而當天子平淮夷定河朔告于諸侯公旣施慶于下元和十二年冬十月克淮蔡十三年春正月赦天下乃合僚吏登兹以嬉觀望悠長悠一作攸悼前之遺於是厚貲居氓移于閒壤伐惡木刜奥草刜斫也扶刀切前指後畫心舒目行忽然若飄浮上騰以臨雲氣莊子乘雲氣御飛龍萬山面内重江束隘隘烏懈切亦作阸聯嵐含輝嵐盧含切旋視具宜常所未覩倏然乎見倏走也○倏音叔乎字正作互以爲飛舞奔走與游者偕來

乃經工化材考極相方周禮夜考諸極星南爲燕亭延宇垂阿步簷更衣司馬相如賦步櫩周流步櫩者言其下可以行步即今之步廊○欄與簷同周若一舍北有崇軒以臨千里左浮飛閣右列間館比舟爲梁比聯也與波昇降苞灕山涵龍宮涵一作含昔之所大蓄在亭亭一作廷內日出扶桑淮南子日出于暘谷拂于扶桑扶桑東夷地名雲飛蒼梧蒼梧山名在今梧州海霞島霧來助游物其隙則抗月檻於廻谿出風榭於篁中晝極其美又益以夜列星下布顥氣廻合班固西都賦鮮顥氣之清

英顥曰也音浩邃然萬變若與安期羨門安期羨門古仙人也

列仙傳曰安期生瑯邪阜鄉人史記始皇之碣石燕人盧生求羨門接於物外

則凡名觀游於天下者有不屈伏退讓以推

高是亭者乎既成以燕歡極而賀咸曰昔之

遺勝槩者必於深山窮谷人罕能至而好事

者後得以爲已功未有直治城挾闤闠上音環下音潰車輿步騎朝過夕視訖千百年莫或異顧

一旦得之遂出於他邦雖博物辯口莫能舉

其上者然則人之心目其果有遼絕特殊而

不可至者耶蓋非桂山之靈不足以瓌觀上姑回切下音灌非是洲之曠不足以極視非公之鑒不能以獨得噫造物者之設是久矣而盡之於今余其可以無藉乎藉或作籍籍謂記也

邕州柳中丞作馬退山茅亭記

冬十月作新亭于馬退山之陽因高丘之阻以面勢面勢謂方面形勢事本周禮無欂櫨節棁之華欂柱也櫨柱上枅也語山節藻棁注節者栭刻鏤爲山棁者梁上楹畫爲藻文〇欂音薄櫨音盧棁音拙不斲椽不翦茨斲音卓茨音慈不列墻以白雲

爲藩籬碧山爲屏風昭其儉也桓二年左傳臧哀伯之辭是山崒然起於莽蒼之中莊子逍遙遊篇適莽蒼者三飡而返莽蒼草野之色並作上聲崒謂突出也○崒慈卹切馳奔雲矗矗直也初六切亘數十百里尾蟠荒陬蟠音盤首注大溪諸山來朝勢若星拱論語譬如北辰居其所而衆星拱之蒼翠詭狀綺綰繡錯蓋天鐘秀於是不限於遐裔也然以壤接荒服國語戎翟荒服柱九州之外荒忽無常故曰荒服言此州以見邕州遠遐俗黎夷徼境也音叫周王之馬跡不至謂周穆王駕八駿之乘肆意遠遊宿于崑崙之阿賓于西王母觴于瑤池之上而不至此也昭十二

年左傳穆王欲肆其心周行天下將皆必有車轍馬跡焉謝公之屐齒不及謂謝安放情丘壑而不及此也謝安傳聞謝元已破苻堅不覺屐齒之折南史謝靈運登躡常著木屐上山則去其前齒下山則去其後齒巖經蕭條登探者以爲嘆歲在辛卯元和六年我仲兄以方牧之命試于是邦公從兄名寬字存諒公嘗有祭文云從事諸侯假于郡藩郎謂此也夫其德及故信孚信孚故人和人和故政多暇由是嘗徘徊此山以寄勝槩迺墍迺塗書若作室家旣勤垣墉惟其塗墍茨說文墍仰塗也音洎作我攸宇於是不崇朝而木工告成每風止雨收煙霞澄鮮

輒角巾鹿裘率昆弟友生冠者五六人步山椒而登焉離騷馳椒丘且焉止息椒山顛也於是手揮絲桐目送還雲西山爽氣在我襟袖以極萬類攬不盈掌夫美不自美因人而彰蘭亭也不遭右軍則清湍脩竹蕪沒於空山矣王羲之嘗與同志宴集於會稽山陰之蘭亭羲之自爲亭有云此地有崇山峻嶺茂林脩竹又有清流激湍映帶左右引以爲流觴曲水是亭也僻介閩嶺佳境罕到不書所作使盛跡鬱湮是貽林澗之媿故志之

永州韋使君新堂記公貶永州十年其州刺史見公

集者六元和元年刺史韋公見賀攺元來二三年刺史馮公見修淨土院記五年以前刺史崔君敏見南池讌集序及墓誌後又有崔簡者未上以罪去見簡墓誌等文十年刺史崔能見湘源二妃廟碑萬石亭記所謂韋公蓋在七八年間者也見上嶺南鄭相公啓及黃溪祈雨詩

將爲穹谷嵁巖嵁五男五咸二切淵池於郊邑之中則必輦山石溝澗壑凌絕險阻疲極人力乃可以有爲也然而求天作地生之狀咸無得焉逸其人因其地全其天昔之所難今於是

乎在永州實惟九疑之麓九疑山名在零陵麓山足也其
始度土者書惟荒度土功環山爲城有石焉翳于奥
草于一作乎有泉焉伏于土塗蛇虺之所蟠狸鼠
之所游茂樹惡木嘉葩毒卉亂雜而爭植號
爲穢墟韋公之來既逾月理甚無事望其地
且異之始命芟其蕪行其塗積之丘如蠲之
瀏如瀏水清貌音劉又音溜柳既焚既釃山宜切奇勢迭出
清濁辨質美惡異位視其植則清秀敷舒視
其蓄則溶漾紆餘怪石森然周于四隅或列

外一作内

或跪或立或仆竅穴逶邃堆阜突怒乃作棟宇以爲觀游凡其物類無不合形輔勢効伎於堂廡之下外之連山高原林麓之崖間厠隱顯邐延野緑遠混天碧咸會於譙門之外漢書陳勝攻陳守丞與戰譙門中譙門謂門上爲高樓以望也樓亦名之爲譙故謂美麗高樓爲麗譙爲巳乃延客入觀繼以宴娛或贊且賀曰見公之作知公之志公之因土而得勝豈不欲因俗以成化公之擇惡而取美豈不欲除殘而佑仁公之蠲濁而流清豈不欲廢貪

而立廉公之居高以望遠豈不欲家撫而戶曉夫然則是堂也豈獨草木土石水泉之適歟山原林麓之觀歟將使繼公之理者視其細知其大也宗元請志諸石措諸屋漏詩上不媿于屋漏爾雅曰西南隅謂之奥西北隅謂之屋漏○一作措諸壁編以爲二千石楷法

永州崔中丞萬石亭記

御史中丞清河男崔公崔公名能公嘗作湘源二妃廟碑云州刺史御史中丞崔公即崔能也來涖永州間日間一作百登城北

墉墉垣也臨于荒野藂翳之隙藂聚也與叢字同俗作藂○翳一計切見怪石特出度其下必有殊勝步自西門以求其墟伐竹披奥歙側以入緜谷跨谿皆大石林立渙若奔雲錯若置棊怒者虎鬬企者鳥厲抉其穴則鼻口相呀虚加切搜其根則蹄股交峙股一作肱環行卒愕上七沒切下音諤○一作愕目疑若搏噬於是刳闢朽壤翦焚榛薉薉荒蕪也於廢切與穢字同決澮溝導伏流散爲疎林洄爲清池寥廓泓渟上烏宏切下音亭若造物者始判清濁効

奇於茲地非人力也乃立游亭以宅厥中直亭之西石若掖分（掖肘掖臂下也）可以眺望其上青壁斗絕沉于淵源莫究其極自下而望則合乎攢巒（攢當作巑巑岏小山貌巒小山而銳也○巑在官切巒力完切）與山無窮明日州邑耋老（年八十曰耋）雜然而至曰吾儕生是州蓺是野眉尨齒鯢（尨黑白雜也詩黃髮鯢齒注鯢齒壽徵○鯢音倪）未嘗知此豈天墜地出設茲神物以彰我公之德歟既賀而請名公曰是石之數不可知也以其多而命之曰萬石亭耋老

又言曰懿夫公之名亭也豈專狀物而已哉公嘗六爲二千石既盈其數盈一作贏然而有道之士咸恨公之嘉績未洽于人敢頌休聲祝于明神漢之三公秩號萬石漢制三公號稱萬石其俸月各三百五十斛我公之德宜受茲錫漢有禮臣惟萬石君孝景時以石奮爲諸侯相奮長子建次甲次乙次慶皆以馴行孝謹官至二千石於是景帝曰石君及四子皆二千石人臣尊寵乃舉集其門且號奮爲萬石君我公之化始于閨門道合于古祐之自天易自天祐之吉无不利野夫獻辭公壽萬年宗元嘗以牋奏

隸尚書敢專筆削以附零陵故事時元和十年正月五日記

零陵三亭記（零陵永州縣　公在永州作）

邑之有觀游或者以爲非政是大不然夫氣煩則慮亂視壅則志滯君子必有游息之物高明之具使之清寧平夷恒若有餘然後理達而事成零陵縣東有山麓泉出石中沮洳汙塗（詩彼汾沮洳沮洳陷隰地也○沮將預切洳人恕切）羣畜食焉牆藩以蔽之爲縣者積數十人莫知發視河東

薛存義以吏能聞荆楚間潭部舉之（潭部謂湖南觀察使）假湘源令（湘源縣屬永州）會零陵政尨賦擾民訟于牧推能濟弊來莅茲邑遁逃復還愁痛笑歌逋租匿役朞月辨理（辨音辦）宿蠧藏奸披露首服（首音狩）民既卒稅相與歡歸道途迎賀里閭門不施胥吏之席耳不聞鼛鼓之召（周禮以鼛鼓鼓役事鼛音皋）雞豚糗醑（糗上丘救去九二切醑下司呂切）得及宗族州牧尚焉旁邑倣焉然而未嘗以劇自撓山水鳥魚之樂澹然自若也（澹音淡）乃發牆藩

驅羣畜決疏沮洳搜剔山麓（音鹿）萬石如林積坳爲池（坳地窊下也於交切）爰有嘉木美卉垂水蘘峯瓏𤫊蕭條（瓏音籠𤫊卽玲音零）清風自生翠煙自留不植而遂魚樂廣閑鳥慕靜深別孕巢穴沉浮儵萃不畜而富伐木墜江流于邑門陶土以埴亦在署側人無勞力工得以利乃作三亭陟降晦明高者冠山巔下者俯清池更衣膳饔（並房室名。饔於恭切）列置備具賓以燕好旅以館舍高明游息之道具於是邑由薛爲首在昔裨諶謀野而獲襄三十一年左氏裨諶能謀謀於野則獲謀於邑則否盖鄭大夫也鄭國將有諸侯之事則必使乘車以適野謀作盟會之辭○諶音忱宓子彈琴而理宓不齊字子賤爲單父宰鳴琴不下堂而單父治巫馬期爲單父戴星而入以身親之單父亦治子賤曰彼任力我任人任力者勞任人者逸○宓音伏亂慮滯志無所容入則夫觀游者果爲政之具歟薛之志其果出於是歟及其弊也則以玩替政以荒去理使繼是者咸有薛之志則邑民之福其可既乎余愛其始而欲久其道乃撰其事以書于石薛拜手曰吾志也遂刻之

河東先生集卷第二十七

東吴郭雲鵬校壽梓

記下

書上

河東集 二十八之三十一

共二十

河東先生集卷第二十八

記

零陵郡復乳穴記

題作零陵字之誤也據地理志零陵乃永州郡名今言石鍾乳連之人告盡者五年而題以零陵何也唐地理志載連州連山郡貢鍾乳本草唐注亦載其次出連州未嘗言永州出以年考之元和四年永州刺史崔簡連州刺史乃崔君敏二太守之姓同故題亦從而差耳題以連山郡復乳穴記則於文爲合

石鍾乳餌之最良者也楚越之山多産焉于

也一作耶

連于韶者獨名於世世逹之人告盡焉者五載矣以貢則買諸他部今刺史崔公至逾月穴人來以乳復告邦人悅是祥也雜然謠曰昛之熈熈（史記天下熈熈）崔公之來公化所徹土石甞烈以為不信趍視乳穴穴人笑之曰是惡知所謂祥也嚮吾以刺史之貪戾嗜利徒吾役而不吾貨也吾是以病而紿焉（紿徒亥切欺也）今吾刺史令明而志潔先賴而後力（賴利也）欺誣屏息信順休洽吾以是誠告焉且夫乳穴必在

深山窮林冰雪之所儲豺虎之所廬由而入者觸昏霧扞龍蛇束火以知其物縻繩以志其返其勤若是出又不得吾直吾用是安得不以盡告今而乃誠一本今令人而乃誠吾告故也何祥之爲吾聞之曰謠者之祥也乃其所謂惟者也笑者之非祥也乃其所謂真祥者也君子之祥也以政不以惟誠乎物而信乎道人樂用命熙熙然以效其有斯其爲政也而獨非祥也歟

道州毀鼻亭神記（一本毀作斥道州圖經曰昔舜封象有鼻國即其地按集有道州文宣王廟記薛伯高以十年二月用牲幣于廟而此云九年來刺道州既底于理似非始至之事公以明年正月召其曰某謫永州記必將召時作）

鼻亭神象祠也（前漢昌邑王傳舜封象于有鼻在零陵今此是也鼻與庳同）不知何自始立因而勿除完而恒新相傳且千歲元和九年河東薛公（伯也）高由刑部郎中刺道州除穢革邪敷和于下州之罷人（罷音疲）去亂即治變呻爲謠若痿而起（漢書如痿人不忘起）

〇痿人佳於危[二切痺濕病]若矇而瞭[矇音蒙瞭力小切]騰踴相

視讙愛克順既底于理公乃考民風披地圖

得是祠駃曰象之道以爲子則傲以爲弟則

賊君有鼻而天子之吏實理[孟子云象不得有爲于其國天子使吏治其國而納其貢稅焉一本君上有既字]以惡德而專世祀

殆非化吾人之意哉命亟去之於是撤其屋

墟其地沉其主於江[主神主也]公又懼楚俗之尚

鬼而難諭也[一無上字一無於江以下至諭也十四字]乃徧告于

人曰吾聞鬼神不歆非類[左傳僖十年晉狐突曰神不歆非類]

民不祀非族歆饗也又曰滛祀無福（禮記非其所祭而祭之名曰滛祀滛祀無福）凡天子命刺史于下非以專土疆督貨賄而已也蓋將教孝悌（教一作崇）去奇邪（奇居宜切）俾斯人敦忠睦友祇肅信讓（肅一作庸）以順于道吾之斥是祠也以明教也苟離于正雖千載之違吾得而更之況今茲乎苟有不善（一無有字）雖異代之鬼吾得而攘之況斯人乎州民既諭相與歌曰我有耇老公燠其肌（燠於六切）我有病癃（音隆）公起其羸髫童之嚚（髫音苕）公實智之鰥

孤孔艱公實遂之孰尊惡德遠矣自古孰羑淫昏（羑一作慾）俾我斯瞽千歲之冥公闢其戶我子洎孫延世有慕宗元時謫永州邇公之邦聞其歌詩以爲古道罕用賴公而存斥一祠而二教興焉明罰行于鬼神（一無明字）愷悌達于蠻夷（一無愷字）不惟禁淫祀黜非類而巳願爲記以刻山石俾知教之首

永州龍興寺息壤記

永州龍興寺東北陬有堂（陬子侯切隅也）堂之地隆

然負塼甓而起者（甓蒲歷切 瓴甓也）廣四步高一尺五寸始之爲堂也夷之而又高（夷平也）凡持鍤者盡死（鍤側洽切）永州居楚越間其人鬼且禨（呂氏春秋云荆人鬼越人禨禨鬼俗也列子楚人鬼越人禨註曰信鬼神與禨祥也）由是寺之人皆神之人莫敢夷史記天官書及漢志有地長之占而亡其說（史記天官書載水澮澤竭地長西漢天文志所載同寔不原其說○長臻兩切）甘茂盟息壤（史記秦王迎甘茂於息壤因與之盟索隱曰山海經啓筮云鯀竊帝之息壤以湮洪水或是此也）蓋其地有是類也昔之異書有記洪水滔天鯀竊

帝之息壤以堙洪水帝乃令祝融殺鯀于羽郊事出淮南子鮌與鯀同其言不經見今是土也夷之者不幸而死豈帝之所愛耶南方多疲勞者先死則彼持鍤者其死於勞且疲也土烏能神余恐學者之至於斯徵是言而唯異書之信故記于堂上

永州龍興寺東丘記公謫永州十年凡爲記序其年月有不可得而考者此其一也

游之適大率有二曠如也奧如也如斯而已

奧之宜者

其地之凌阻峭出幽鬱寥廓悠長則於曠宜抵丘垤伏灌莽（詩集于灌木灌木叢生莽宿草也○莽莫蒲切）迫遽迴合則於奧宜因其曠雖增以崇臺延閣迴環日星臨瞰風雨（瞰苦浪切）不可病其敞也因其奧雖增以茂樹藂石（藂與叢同聚也）穹若洞谷蓊若林麓（蓊翁孔切）不可病其邃也今所謂東丘者也其始龕之外棄地（龕音堪）余得而合焉（合一作發）以屬於堂之北陲（屬之欲切連也北陲謂北邊也）凡坳窪坻岸之狀（窪清水也坻小渚坳於交切窪烏瓜切坻陳尼切）無廢其故屏

以客竹聯以曲梁桂檜松杉楩柟之植楩音駢木似豫章幾三百本嘉卉美石又經緯之俛入緑縟幽蔭薈蔚薈音檜歩武錯迮迮阮古切過也不知所出温風不爍式灼切清氣自至水亭陿室陿胡夾切隘也水一作小曲有奥趣然而至焉者往往以邃爲病噫龍興永之佳寺也登高殿可以望南極闢大門可以瞰湘流若是其曠也而於是小丘又將披而攘之則吾所謂游有二者無乃闕焉而喪其地之宜乎丘之幽幽可以處休

丘之窅窅伊鳥切可以觀妙溽暑遁去茲丘之

下協韻音戶大和不遷茲丘之巔與乎茲丘孰從

我游余無召公之德懼翦伐之及也故書以

祈後君子

永州法華寺新作西亭記集中西山宴遊記云因坐法華西亭時元和四年九月則此記當在前作

法華寺居永州地㝡高有僧曰覺照照居寺

西廡下廡之外有大竹數萬又其外山形下

絕然而薪蒸篠簜篠音小簜徒黨切麄曰薪細曰蒸書篠簜既敷篠小

地將池

竹簜大竹蒙雜擁蔽吾意伐而除之必將有見焉照謂余曰是其下有陂池芙蕖申以湘水之流衆山之會果去是其見逺矣遂命僕人持刀斧羣而翦焉叢莽下頽萬類皆出曠焉茫焉天爲之益高地爲之加闢丘陵山谷之峻江湖地澤之大咸若有增廣之者夫其地之奇必以遺乎後不可曠也余時謫爲州司馬官外常員永貞元年貶永州司馬員外置同正員一無乎字而心得無事乃取官之祿秩以爲其亭其高且廣蓋

方丈者一焉或異照之居於斯而不蚤爲是也余謂昔之上人者不起宴坐足以觀於空色之實而游乎物之終始其照也逾寂其覺也逾有然則嚮之礙之者爲果礙耶今之闢之者爲果闢耶彼所謂覺而照者吾詎知其不由是道也豈若吾族之挈挈於通塞（一有乎字）有無之方以自狹耶或曰然則宜書之乃書于石

永州龍興寺西軒記（記作于到永之初元和改元時）

永貞年永貞元年余名在黨人不容於尚書省時公爲尚書禮部員外郎出爲邵州九月貶邵州刺史道貶永州司馬至則無以爲居居龍興寺西序之下余知釋氏之道且久固所願也然余所庇之屋甚隱蔽其户北向居昧昧也寺之居於是州爲高西序之西屬當大江之流江之外山谷林麓甚衆於是鑿西墉以爲户户之外爲軒以臨羣木之杪無所不矚焉一本無下無所字不徙席不運几而得大觀夫室嚮者之室也席與几

嚮者之處也嚮也昧而今也顯豈異物耶因悟夫佛之道可以轉惑見爲真智即羣迷爲正覺捨大闇爲光明夫性豈異物耶孰能爲余鑿大昏之墉闢靈照之户廣應物之軒者吾將與爲徒遂書爲二其一志諸户外其一以貽巽上人焉

柳州復大雲寺記 元和十二年作

越人信祥而易殺 祥謂祥惟 傲化而偭仁 偭音面背也 病且憂則聚巫師用雞卜 漢武帝元封二年初令越巫祠上帝

百鬼而用雞卜李奇曰雞骨卜不如鼠卜始則殺小牲不可則殺
中牲又不可則殺大牲而又不可則訣親戚
飭死事曰神不置我已矣一本無已字因不食蔽
面死以故户易耗田易荒而畜字不孳董之
禮則頑束之刑則逃唯浮圖事神而語大可
因而入焉一作可用入焉有以佐教化柳州始以邦
命置四寺其三在水北而大雲寺在水南武后
天授元年七月有東魏國寺僧法明等十人
僞撰大雲經四卷表上之言太后乃彌勒下
生當代唐爲閻浮提主制頒于天下水北環
令諸州各置大雲寺總度僧千人

治城六百室水南三百室俄而水南火大雲寺焚而不復且百年三百室之人失其所依歸復立神而殺焉元和十三年刺史柳宗元始至逐神于隱遠而取其地其傍有小僧舍闢之廣大逵達橫術（九達謂之逵邑中道曰術月令審端經術○）（術音遂）北屬之江告于大府（大府謂觀察府）取寺之故名作大門以字揭之立東西序崇佛廟爲學者居會其徒而委之食使擊磬鼓鐘以嚴其道而傳其言而人始復去鬼息殺而務趣於

仁愛病且憂其有告焉而順之一無其字庶乎教

夷之宜也凡立屋大小若干楹凡闢地南北

東西若干畝凡樹木若干本竹三萬竿圃百

畦畦菜畦也圃一作圃田若干塍音繩稻中畦也治事僧曰退

思曰令稟曰道堅後二年十月某日寺皆復

就

永州龍興寺脩淨土院記一作巽上人修淨土院記記云今刺史馮公作大門馮刺永州在元和二三年記當在是時作

中國之西數萬里有國曰身毒上音捐下音篤即天竺釋迦牟尼如來示現之地釋迦牟尼乃迦維衛國淨飯王太子彼佛言曰西方過十萬億佛土有世界曰極樂佛號無量壽如來其國無有三惡八難乃旦切衆寶以爲飾其人無有十纏九惱羣聖以爲友有能誠心大願歸心是土者苟念力具足則往生彼國然後出三界之外其於佛道無退轉者其言無所欺也晉時盧山遠法師謂慧遠也作念佛三昧詠大勸于時其後天台顗

大師顗（魚豈切）著釋淨土十疑論弘宣其教周密微妙迷者咸賴焉蓋其留異跡而去者甚衆永州龍興寺前刺史李承晊（職日切音質）及僧法林置淨土堂于寺之東偏常奉斯事逮今餘二十年廉隅毀頓圖像崩墜會巽上人（巽上人名重巽）居其宇下始復理焉上人者修最上乘解第一義無體空折色之跡而造乎真源通假有借無之名而入於實相境與智合事與理并故雖往生之因亦相不捨誓葺茲宇以開

後學有信士圖爲佛像法相甚具焉今刺史馮公作大門以表其位余遂周延四阿環以廊廡繢二大士之像（繢胡對切畫也）繒蓋幢幡（繒疾夌切）以成就之嗚呼有能求無生之生者知舟筏之存乎是（筏音伐水中大篺）遂以天台十疑論書于墻宇使觀者起信焉

永州鐵爐步志 附。（志云余乘舟來居九年此當作於元和八年）

古者姓氏特以別生分類賢否之涇渭初不拘此尊尚姓氏始於魏之太和齊據河北推重崔盧梁陳拒江南首先王

謝至江東士人爭尚閥閱賣婚
求財汨喪廉耻唐家一統當一
洗而新之柰何文皇帝以隴西
舊族矜夸其臣以房魏之賢英
公之功且區區結婚于世家貞
觀之世冠冕高下雖稍序定然
許敬宗以不叙武后世李義府
耻其家無名復從而紊亂黜陟
廢置皆不由於賢否但以姓氏
陞降去留定爲榮辱衰宗落譜
昭穆所不齒者皆稱禁婚氏俗
安知禮義忠信爲何物耶子厚
憫時俗之末華故以子孫昌昧
者取光於鐵爐步之失實誠有
功於名
教歟

江之滸謂江濱凡舟可縻而上下者曰步吳人呼水

◎

際爲步韓文羅池廟碑云步有新船若似步之類是也永州北郭有步
曰鐵爐步余乘舟來居九年往來求其所以
爲鐵爐者無有問之人曰蓋嘗有鍛者居鍛都玩切小冶也一本鍛下有鐵字
其人去而爐毀者不知年矣
獨有其號冒而存余曰嘻世固有事去名存
而冒焉若是耶步之人曰子何獨怪是今世
有負其姓而立於天下者曰吾門大他不我
敵也問其位與德曰久矣其先也然而彼猶
曰我大世亦曰某氏大其冒於號有以異於

茲步者乎向使有聞茲步之號而不足釜錡錢鎛刀鈇者左傳筐筥錡釜之器註有足曰錡無足曰釜詩臣工庤乃錢鎛周禮鍛氏爲鎛器註錢鎛田器刀鈇兵器也鈇莝斫刀○錡奇螘二音錢音剪鎛音博鈇膚甫二音懷價而來能有得其欲乎則求位與德於彼其不可得亦猶是也位存焉而德無有猶不足以大其門然且樂爲之下子胡不怪彼而獨怪於是大者桀冒禹紂冒湯幽厲冒文武以傲天下由不推知其本而姑大其故號以至於敗爲世笑僇與戮同斯可以甚懼若

求茲步之實而不得釜鍚錢鎛刀鈇者則去而之他又何害乎子之驚於是末矣余以爲古有太史觀民風采民言王制命太師陳詩以觀民風命市納賈以觀民之所好惡漢時亦分〻入使周適四方巡行風俗觀采方言若是者則有得矣嘉其言可采書以爲志

河東先生集卷第二十八

東吳郭雲鵬校壽梓

河東先生集卷第二十九

記山水

游黃溪記（自游黃溪至小石城山爲記凡九皆記永州山水之勝年月或記或不記皆次第而作耳）

北之晉西適幽東極吳南至楚越之交其間名山水而州者以百數永最善（漢書西南夷傳南夷君以十數夜郎最大邛都最大徙筰都冉駹最大公文勢本此邵太史曰子厚此記云永最善然別云永州於楚爲最南狀與越相類僕悶出則游游復多恐何言之不同也）環永之治百里北至于浯溪（浯音吾水名浯溪在湘水南北滙於湘元

結命之日浯溪西至于湘之源南至于瀧泉（瀧音雙水名瀧泉奔湍也一作南至于龍東門）東至于黃溪東屯（徒門切一無黃溪二字）其間名山水而村者以百數黃溪最善黃溪拒州治七十里由東屯南行六百步（百一作里）至黃神祠（無神祠二字）祠之上兩山牆立如丹碧之華葉駢植（一無如字）與山升降其缺者爲崖峭巖窟水之中皆小石（一無小字）平布黃神之上揭水八十步（論語深則厲淺則揭註以衣涉水爲厲揭揭衣也。揭音憇）至初潭最奇麗殆不可狀其略若剖大甕側立

百

千尺溪水積焉（積一作即）黛蓄膏渟（黛畫眉也渟水止也）來若白虹（來一作采）沉沉無聲（沉沉一作沉之）有魚數尾方來會石下（元注云楚、越之人數魚以尾、不以頭也）南去又行百步至第二潭石皆巍然臨峻流若頰頷齗齶（頰頤下也齗齒根肉也。頰胡來古海二切頷戶感切又音含齗魚巾切齶音諤）其下大石雜列（雜一作離）可坐飲食有鳥赤著鳥翼大如鸜方東嚮立自是又南數里地皆一狀樹益壯石益瘦水鳴皆鏘然（鏘七羊切）又南一里至大冥之川山舒水緩有土田始黃神爲人時居其地傳者曰黃神王姓莽之世也漢書王莽自謂黃虞之後姚嬀陳田王氏凡五姓皆黃虞苗裔其令天下尚此五姓名籍于秩宗室黃神王姓盖取諸此莽既死神更號黃氏遞來擇其深峭者潛焉始莽嘗曰余黃虞之後也故號其女曰黃皇室主莽號其女定安公主大后爲黃皇室主絶之于漢黃與王聲相邇而又有本其所以傳言者益驗神既居是民咸安焉以爲有道死乃俎豆之莊子長壘之民欲俎豆予於賢人之間俎豆謂禮之爲主爲立祠後稍徙近乎民今祠在山陰溪水上元和八年五月

十六日既歸爲記以啓後之好游者

始得西山宴游記

自余爲僇人（僇與戮同）居是州恒惴慄其隟也（隟與隙同）則施施而行（施如字徐行貌又音怡）漫漫而遊（漫莫半切）日與其徒上高山入深林窮迴溪幽泉怪石無遠不到到則披草而坐傾壺而醉醉則更相枕以卧（一無以卧二字）而夢（一無此三字）意有所極夢亦同趣覺而起起而歸以爲凡是州之山水有異態者（態一作勝）皆我有也而未始知西山

之怪特今年九月二十八日因坐法華西亭

法華寺名望西山始指異之指一作抵遂命僕人過湘

江緣染溪染一作冉斫榛莽焚茅茷音吠符廢切草葉盛貌

窮山之高而止攀援而登箕踞而遨踞音據蹲也前

漢史註謂伸其兩脚而坐其形似箕則凡數州之土壤皆在衽

席之下其高下之勢岈然洼然岈火加切谽岈山深之状

洼水也汙也岈火加切洼烏瓜切若垤若穴垤徒結切蟻穴尺寸千

里攢蹙累積攢徂丸切莫得遯隱縈青繚白繚音了繞

也外與天際外一作水四望如一然後知是山之

特出不與培塿爲類培闢而東小冢謂切塿朗口切小冢悠悠

乎與灝氣俱而莫得其涯洋洋乎與造物者

游而不知其所竆引觴滿酌頹然就醉不如

日之入蒼然暮色自遠而至至無所見而猶

不欲歸心凝形釋與萬化冥合冥一作俱一又作與物不

異然後知吾嚮之未始游游於是乎始故爲

之文以志是歲元和四年也

鈷鉧潭記鈷音古鉧諸韻無從毋字集韻作鏻蒲補毋朗二切竝注云鈷鏻也鈷鏻乃鬥具據公之記云得西山後八日又得

（鈷鉧潭則此記在前記後作亦元和四年文下二記當繼此也）

鈷鉧潭在西山西其始蓋冉水自南奔注抵山石屈折東流其顛委勢峻盪擊益暴齧其涯故旁廣而中深畢至石乃止流沫成輪（沫音末水沫也）然後徐行其清而平者且十畝有樹環焉有泉懸焉其上有居者以予之亟游也（亟丘異切）一旦款門來告曰（款叩也）不勝官租私券之委積既芟山而更居願以潭上田貿財以緩禍（貿音茂交易也）予樂而如其言則崇其臺延其檻行

其泉於高者而墜之潭一無者字一無而字有聲潀然潀徂宗切又音終小水入大水也尤與中秋觀月爲宜於以見天之高氣之迥孰使予樂居夷而忘故土者非茲潭也歟

鈷鉧潭西小丘記註見前記

得西山後八日尋山口西北道二百步又得鈷鉧潭西二十五步當湍而浚者而一作之爲魚梁梁之上有丘焉生竹樹其石之突怒偃蹇負土而出爭爲奇狀者狀一作壯殆不可數其嶔

然相累而下者嶔崟山險貌○嶔音欽與嶔同累力追切若牛馬之飲于溪其衝然角列而上者若熊羆之登于山丘之小不能一畝可以籠而有之問其主曰唐氏之棄地貨而不售問其價曰止四百余憐而售之李深源元克己時同遊皆大喜出自意外即更取器用剷刈穢草剷音産諸韻玉篇皆無此字義當作剗平也伐去惡木烈火而焚之嘉木立美竹露奇石顯由其中以望則山之高雲之浮溪之流鳥獸之遨遊一本獸下有魚龜字舉熙熙

然迴巧獻技以効兹丘之下枕席而卧則清泠之狀與目謀瀯瀯之聲與耳謀瀯音營水回也悠然而虚者與神謀一本有兩悠字淵然而靜者與心謀不匝旬而得異地者二雖古好事之士或未能至焉噫以兹丘之勝致之灃鎬鄠杜鎬鄠漢上林苑地○鎬户老切鄠音户則貴游之士一無之士二字爭買愈不可得今棄是州也農夫者日增千金而賈四百連歲不能售而我與漁夫過而陋之得之是其果有遭乎書於石深源克巳獨喜

所以賀茲丘之遭也

至小丘西小石潭記

從小丘西行百二十步隔篁竹篁竹田也一曰竹名聞水聲聞一作間絶句如鳴佩環心樂之伐竹取道下見小潭水尤清洌全石以爲底近岸卷石底以出爲坻爲嶼坻墺皆小洲也爲嵁爲巖嵁五男苦男五感三切青樹翠蔓蒙絡搖綴參差披拂潭中魚可百許頭皆若空遊無所依一云披拂潭中下視游魚類若乘空日光下澈音徹影布石上怡然不動俶爾遠逝

徃來翕忽似與遊者相樂潭西南而望斗折蛇行斗北斗史記枉矢類流星蛇行而倉黑明滅可見其岸勢犬牙差互不可知其源坐潭上四面竹樹環合寂寥無人淒神寒骨悄愴幽邃以其境過清不可久居乃記之而去同遊者吳武陵龔古龔一作襲余弟宗玄隸而從者崔氏二小生曰恕己曰奉壹崔簡之子也

袁家渴記自袁家渴至小石城山四記皆同時作石渠記所謂惜其未始有傳焉故累記其屬遺之其人者也石渠記云元和

七年十月十九日云云則四記可以類推矣

由冉溪西南水行十里山水之可取者五莫若鈷鉧潭由溪口而西陸行可取者八九莫若西山由朝陽巖東南大曆元年元結以此巖東向故名之曰朝陽水行至蕪江可取者三莫若袁家渴皆永中幽麗奇處也永一本作水非楚越之間方言謂水之支流者爲渴支一作反音若衣褐之褐渴上與南館高嶂合高一作西下與百家瀨合其中重洲小溪澄潭淺渚間厠曲折平者深黑峻者沸

白舟行若竄忽又無際有小山出水中山皆美石一本更有一石字上生青叢冬夏常蔚然其旁多巖洞其下多白礫音歷小石也其樹多楓柟石楠梗櫧樟柚楓柟石楠木名梗木似豫章櫧木似柃葉冬不落樟即豫章柚橘類也○柟如占切梗昆連切櫧音諸柚余救切草則蘭芷又有異卉類合歡而蔓生合歡草名轇轕水石轇轕音交葛猶交加也每風自四山而下振動大木掩苒衆草紛紅駭綠蓊勃香氣東坡曰子厚善造語若此五句殆入妙矣蓊勃草茂貌○蓊烏功烏孔二切勃音勃衝濤旋瀨退貯谿谷搖颺葳

蕤（葳蕤草木華盛貌）與時推移其大都如此余無以窮其狀永之人未嘗遊焉余得之不敢專也出而傳於世其地世主袁氏故以名焉

石渠記

自渴西南行不能百步得石渠民橋其上有泉幽幽然其鳴乍大乍細渠之廣或咫尺（賈逵曰八寸曰咫）或倍尺其長可十許步其流抵大石伏出其下踰石而往有石泓菖蒲被之青鮮環周（鮮苔蘚也）又折西行旁陷巖石下北墮小潭

潭幅負減百尺清深多儵魚白儵魚也似鷄赤尾六足四目

音條又直留切又北曲行紆餘睨若無窮然卒入于

渴音竭其側皆詭石怪木奇卉美箭可列坐而

庥焉風搖其顛韻動崖谷視之既靜其聽始

遠一作逵字予從州牧得之攬去翳朽決疏土石

既崇而焚既釃而盈釃山宜切惜其未始有傳焉

者故累記其所屬遺之其人書之其陽俾後

好事者求之得以易元和七年正月八日蠲

渠至大石十月十九日踰石得石泓小潭渠

之美於是始窮也

石澗記

石渠之事既窮上由橋西北下土山之陰民又橋焉其水之大倍石渠三之一一無一字亘石爲底一本无亘字達于兩涯若床若堂若陳筵席若限閫奥水平布其上流若織文響若操琴揭跣而往揭音憩又丘列切褰衣折竹掃陳葉排腐木可羅胡床十八九居之交絡之流觸激之音皆在床下翠羽之木龍鱗之石均蔭其上古

之人其有樂乎此耶後之來者有能追余之踐履耶得意之日（一無意字）與石渠同由渴而來者先石渠後石澗由百家瀨上而來者先石澗後石渠澗之可窮者皆出石城村東南其間可樂者數焉其上深山幽林逾峭險道狹不可窮也

小石城山記

自西山道口徑北踰黃茅嶺而下有二道其一西出尋之無所得其一少北而東不過四

十丈上斷而川分有積石橫當其根其上爲睥睨梁欐之形莊子云梁麗可以衝城梁麗屋棟麗與欐同。睥匹計切睨五計切欐音麗睥睨或從土廣韻引博雅埤堄土墻集韻城上垣杜預註左傳又作俾倪音義同欐一音禮司馬云小船也其旁出堡塢堡小城也塢小障也廣韻曰營居曰塢有若門焉窺之正黑投以小石洞然有水聲其響之激越良久乃已環之可上望甚遠無土壤而生嘉樹美箭益奇而堅其䟽數偃仰類智者所施設也噫吾疑造物者之有無久矣及是愈以爲誠有又怪其不爲之於中州而列是夷狄更千百季不得一售其伎是固勞而無用神者儻不宜如是則其果無乎或曰以慰夫賢而辱於此者或曰其氣之靈不爲偉人而獨爲是物故楚之南少人而多石是二者余未信之

柳州東亭記元和十年正月公自永州召至京師三月復出刺柳州此記作於刺柳州日篇末自可見

出州南譙門譙城上樓也左行二十六步有棄地在道南南值江西際垂楊傳置垂楊地名傳音轉傳置謂

驛也東曰東館其内草木猥與有崖谷傾亞缺圮部鄙切亞一作凸都鄙切豕得以爲囿虵得以爲藪人莫能居至是始命披刜䟽刜音弗䟽音跡樹以竹箭松檉桂檜栢杉檉正真切河邊小楊易爲堂亭易以豉切峭爲杠梁孟子十一月徒杠成十二月輿梁成杠梁皆橋也杠音江林間橫木下上徊翔前出兩翼憑空拒江憑一作馮江化爲湖衆山横環嶛瀾瀴灣嶛音聊一本作崦與嶛同瀴伊盈切瀴水絶遠貌灣烏環切當邑居之劇而忘乎人間斯亦奇矣乃取館之北宇右闢之以爲夕室取傳置

夕

之東宇左闢之以爲朝室又北闢之以爲陰室作屋于北墉下以爲陽室作斯亭于中以爲中室朝室以夕居之夕室以朝居之中室日中而居之陰室以違溫風焉陽室以違淒風焉若無寒暑也則朝復其號既成作石于中室書以告後之人庶勿壞元和十二年九月某日柳宗元記

柳州山水近治可遊者記 記不書其年月然當與前記先後作公刺柳五年卒於元和十四年之十月云

古之州治在潯水南山石間今徙在水北直平四十里南北東西皆水匯（匯音潰水回合也）北有雙山夾道嶄然（嶄鉏咸仕咸二切高貌）曰背石山有支川東流入于潯水潯水因是北而東盡大壁下其壁曰龍壁其下多秀石可硯南絶水有山無麓廣百尋高五丈下上若一曰甑山山之南皆大山多奇又南且西曰駕鶴山壯聳環立古州治負焉有泉在坎下常盈而不流南有山正方而崇類屏者（屏蒲絣切）曰屏山其西

曰姥山（姥莫補切）皆獨立不倚北流潯水瀨下（流一作沉）又西曰仙弈之山山之西可上其上有穴穴有屏有室有宇其宇下有流石成形如肺肝如茄房（茄音加藕莖也一本作茹房）或積于下如人如禽如器物甚衆東西九十尺南北少半東登入小穴常有四尺（周禮注八尺曰尋倍尋曰常）則廓然甚大無竅正黑燭之高僅見其宇皆流石怪狀由屏南室中入小穴倍常而上始黑已而大明爲上室由上室而上有穴北出之乃臨大

野飛鳥皆視其背其始登者得石枰於上枰薄明切又音平博局黑肌而赤脉十有八道可奕故以云其山多樫多櫧樫河柳郭璞云今河旁赤莖小楊櫧木名○樫丑貞切諸音諸多篔簹之竹篔簹竹名節間相去數尺篔音雲簹音當多橐吾其鳥多秭歸或作子規○秭音子又咨李切石魚之山全石無大草木山小而高其形如豆魚在多秭歸西有穴類仙奕入其穴東出其西北靈泉在東趾下有麓環之泉大類彀雷鳴西奔二十尺有泂在石澗泂回水也因伏無所見多綠青

之魚及石鯽（及一作多）多鯈雷山兩崖皆東西雷水出焉蓄崖中曰雷塘能出雲氣作雷雨變見有光禱用俎魚豆彘脩（修脯）糈稌（糈音所又音胥祭祀米稌諸韻皆從禾音徒音土沛國呼稻曰稌也）酒陰（一作陰酒）虔則應在立魚南其間多美山無名而深峨山在野中無麓峨水出焉（公集雷塘禱雨文）東流入于溽水

河東先生集卷第二十九

東吳郭雲鵬校壽梓

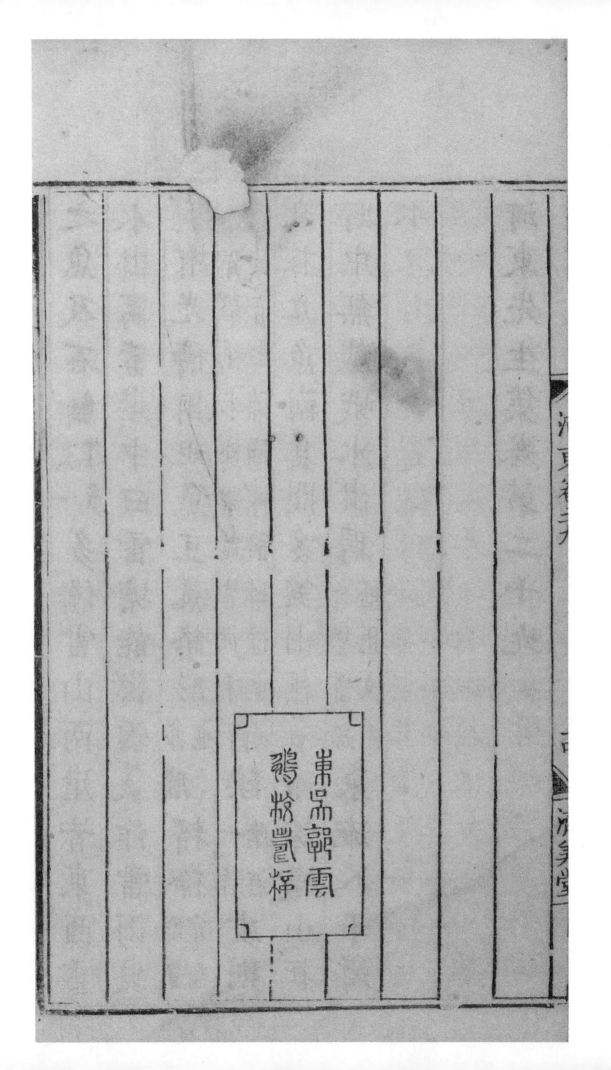

河東先生集卷第三十

書明謗責躬

寄許京兆孟容書許孟容字公範元和初再遷尚書右丞京兆尹公謫永州已五年與京兆書望其與之爲地一除罪籍耳

宗元再拜五丈座前伏蒙賜書誨諭微悉重厚欣躍恍惚疑若夢寐捧書叩頭悸不自定伏念得罪來五年未嘗有故舊大臣肯以書見及者何則罪謗交積群疑當道誠可怪而

畏也以是兀兀忘行尤負重憂殘骸餘魂百

病所集痞結伏積痞腹中結痛部鄙切不食自飽或時

寒熱水火互至内消肌骨一作肉非獨瘴癘爲

也瘴音障忽捧教命乃知幸爲大君子所宥欲

使膏肓沈沒成十年左傳晉侯夢疾爲二豎子其一曰居肓之上膏之下若我何膏謂連心之脂膏肓心下鬲上○肓音荒復起爲人夫何素望

敢以及此宗元早歲與負罪者親善始奇其

能謂可以共立仁義裨教化過不自料懃懃

勉勵唯以中正信義爲志以興堯舜孔子之

道利安元元爲務不知愚陋不可力彊其素
意如此也末路孤危阨塞䶩鼿䶩鼿不安貌上五結切下
音兀○一作末路阨塞䶩鼿凡事壅隔一作事既壅隔很忤貴近
狂踈繆戾蹈不測之辜群言沸騰鬼神交怒
加以素卑賤暴起領事人所不信射利求進
者填門排戶百不一得一旦快意更造怨讟
音讀以此大罪之外詆訶萬端詆音詆旁午搆扇
盡爲敵讎盡一作便協心同攻外連強暴失職者
以致其事此皆丈人所見不敢爲他人道說

懷不能已，復載簡牘此人雖萬被誅戮不足塞責而豈有償哉今其黨與幸獲寬貸各得善地無分毫事（一作無公事）坐食俸祿明德至渥也尚何敢更俟除棄廢痼（一無更字）以希望外之澤哉年少氣銳不識幾微不知當否但欲一心直遂果陷刑法皆自所求取得之（一無得之二字）又何怪也宗元於衆黨人中罪狀最甚神理降罰又不能即死（元和元年五月十七日公母盧氏卒）猶對人言語求食自活迷不知耻日復一日然亦有

大故自以得姓來二千五百年代爲冢嗣令
抱非常之罪居夷獠之鄉獠夷名音僚卑濕昏霿
恐一日塡委溝壑曠墜先緒以是怛然痛恨
怛當各切心腸沸熱腸一作骨煢煢孤立未有子息荒
陬中少士人女子一無女子二字無與爲婚世亦不
肯與罪大者親昵罪大者一作罪人以是嗣續之重
不絕如縷每當春秋時饗子立捧奠顧眄無
後繼者惸惸然一作慓慓然或作懍懍然欷歔惴惕恐此
事便已摧心傷骨若受鋒刃此誠丈人所共

惘惜也先墓所在城南一無所字無異子弟爲主獨託村隣自譴逐來消息存亡不一至鄉閭主守者固以益怠晝夜哀憤懼便毀傷松柏芻牧不禁以成大戾近世禮重拜掃今已闕者四年矣每遇寒食則北向長號以首頓地想田野道路士女遍滿皁隸傭丐皆得上父母丘墓馬醫夏畦之鬼列子云路遇乞兒馬醫弗敢辱也必下車而揖之孟子曾有諂笑病于夏畦夏畦夏月治畦之人畦音攜無不受子孫追養者然此已息望又何以云哉城西有數

頃田樹果數百株多先人手自封植今已荒穢恐便斬伐無復愛惜家有賜書三千卷尚在善和里舊宅宅今已三易主書存亡不可知皆付受所重常繫心腑然無可爲者立身一敗萬事瓦裂身殘家破爲世大僇（音戮）復何敢更望大君子撫慰收恤尚置人數中耶是以當食不知辛醎節適洗沐盥漱（盥音管又古玩切）動逾歲時一搔皮膚塵垢滿爪誠憂恐悲傷無所告愬以至此也自古賢人才士秉志遵

分被謗議晏本作被謗無議字不能自明者僅以百數

故有無兄盜嫂漢書人或毀直不疑曰不疑狀貌甚美然將毋柰其善盜嫂何也不疑聞曰我乃無兄終不能自明娶孤女云撾婦翁者後漢第五倫建武二十九年從懷陽王朝京師帝戲謂倫曰聞卿爲吏篣婦翁寧有之邪倫曰臣三娶妻皆無父○撾陟瓜切然賴當世豪傑分明辯別卒

光史籍一作冊管仲遇盜升爲功臣禮記管敬子遇盜取二人焉上以爲公臣曰其所遊僻也可人也敬子管仲之諡匡章被不孝之名孟子禮之孟子公都子曰匡章通國皆稱不孝焉夫子與之遊又從而禮貌之敢問何也孟子曰世俗所謂不孝者五云云章子有一於是乎今已無

古人之實一有爲字而有其詐欲望世人之明已不可得也直不疑買金以償同舍漢書直不疑爲郎事文帝其同舍有告歸誤持其同舍郎金去已而同舍郎覺亡意不疑不疑謝有之買金償後告歸者至而歸金亡金郎大慙劉寬下車歸牛鄉人東漢劉寬字文饒嘗行有人失牛者乃就寬車中認之寬無所言下駕步歸有頃認牛者慚而送還此誠知疑似之不可辯非口舌所能勝也鄭詹束縛於晉終以無死國語文公伐鄭欲得詹而師還鄭人以詹與晉晉人將烹之詹據鼎耳而疾號公乃命弗殺厚爲禮而歸之鍾儀南音卒獲反國成九年左傳晉侯觀于軍府見鍾儀與之琴操南音晉侯重爲之禮

禮使來歸求成南音楚聲叔向囚虜自期必免襄二十一年左傳欒盈出奔楚范文子因叔向樂王鮒見叔向曰吾爲子請叔向弗應其人皆咎叔向叔向曰必祁大夫范痤騎危痤才戈切騎音奇以生易死史記魏世家趙使人謂魏王爲我殺范痤吾獻地王使捕之痤因上屋騎危謂使者曰與其以死痤市不如以生痤市有如痤死趙不與王地則奈何王出之蒯通據鼎耳蒯苦怪切爲齊上客高帝誅韓信信曰悔不用蒯通之言帝召通欲烹之通曰犬各吠非其主云云上乃赦之據鼎耳言將烹也至齊悼惠王時曹參爲相請通爲客張蒼韓信伏斧鑕鑕鐵鍖也音質終取將相西漢張蒼從沛公攻南陽當斬解衣伏質王陵乃言沛公赦勿斬後至孝文時爲相韓信亡楚歸漢爲連敖坐法當

斬適見滕公公奇其言釋勿斬其後後拜大將鄒陽獄中以書自活西漢鄒陽從梁孝王遊羊勝公孫詭等疾陽惡之孝王怒下陽吏將殺之陽從獄中上書奏王出之賈生斥逐復召宣室西漢賈誼洛陽人絳灌之屬害之出爲長沙王傅歲余文帝思誼徵之入見宣室倪寬擯死後至御史大夫西漢倪寬爲廷尉文學卒史以儒生不習事不署曹除爲從史之北地視畜其後議封禪事拜御史大夫董仲舒劉向下獄當誅爲漢儒宗西漢董仲舒廣川人先是遼東高廟長陵高園殿災仲舒居家推說其意未上主父偃竊其書奏焉於是下仲舒吏當死詔赦之劉向字子政事宣帝爲諫大夫獻言黃金可成上令典尚方鑄作事後不驗下吏當死上奇其才得踰冬以減死論此皆瓌

◎

偉博辯奇壯之士能自解脫今以恇怯澒溷說文恇怯也澒溷垢濁也楚詞切澒溷之流俗恇音匡澒溷音腆忍下才末伎又嬰恐懼痼病一作病痼雖欲慷慨攘臂自同昔人愈踈闊矣賢者不得志於今必取貴於後古之著書者皆是也宗元近欲務此然力薄才劣才一作志無異能解雖欲秉筆覶縷覶縷說文好視也一曰委曲上力禾切下音呂覶當從𤔡俗作爾非神志荒耗前後遺忘終不能成章往時讀書自以不至觝滯今皆頑然無復省錄每讀古人一傳數紙已後

則再三伸卷復觀姓氏旋又廢失假令萬一除刑部因籍復爲士列士一作上亦不堪當世用矣伏惟興哀於無用之地垂德於不報之所但以存通家宗祀爲念一無存字有可動心者操之勿失雖不敢望歸掃塋域一無雖字退託先人之廬以盡餘齒姑遂少北益輕瘴癘就婚娶求胤嗣有可付託卽冥然長辭如得甘寢無復恨矣書辭繁委無以自道然卽文以求其志君子固得其肺肝焉無任懇戀之至一本戀亦

（作懇）不宣宗元再拜

與楊京兆憑書（楊憑拜京兆尹與李夷簡素有隙李因劾憑江西姦贓憲宗貶爲臨賀尉時元和四年也公嘗遺憑子誨之書云今日有北人來示將籍田勑是舉數十年之墜典必有大恩澤丈人之究聞於朝今是舉也必復大任此亦云丈人旦夕歸朝廷復爲大僚必元和五年冬作）

月日宗元再拜獻書丈人座前（任子淵曰丈人字俗以爲婦翁之稱然字則遠矣大抵亦尊者之稱吳越春秋載伍子胥謂漁父曰性命屬天今屬丈人）役人胡要返命奉教誨壯厲感發（壯一作莊）鋪

漱

陳廣大上言推延賢儁之道儁音俊難於今之世次及文章末以愚蒙剥喪頓瘁無以守宗族復田畝爲念憂憫備極不唯其親密舊故是與復有一作是乃爲若公言顯賞許其素尚許一作取而其忠誠者忠一作中是用踊躍敬懼類嚮時所被簡牘萬萬有加焉故敢悉其愚以獻左右大凡薦舉之道古人之所謂難者其難非苟一而已也知之難言之難聽信之難夫人有有之而耻言之者有有之而樂言之者有無

之而工言之者有無之而不言似有之者有之而耻言之者上也雖舜猶難於知之書臯陶曰在知人在安民禹曰吁咸若時惟帝其難之孔子亦曰失之子羽史記孔子曰以言取人失之宰我以貌取人失之子羽家語子羽有君子之容而行不勝其貌孔子曰以容取人失之子羽子羽乃澹臺滅明也下斯而言知而不失者妄矣有之而言之者次也德如漢光武馮衍不用馮衍字敬通京兆杜陵人世祖卽位論功當封且將召見之爲令狐畧等讒之竟不獲用焉才如王景畧以尹緯爲令史晉史載記尹緯字景亮天水人先爲秦吏部令史後事姚萇爲佐命元功萇旣敗符堅遣

尹說堅求禪代堅問緯曰卿於朕何官緯曰尚書令史堅曰卿宰相才也王景畧之儔而
朕不知其亡也不亦宜乎王景畧名猛是皆終日號鳴大吒吒歎
也陟駕切而卒莫之省無之而工言者賊也趙括
得以代廉頗史記趙奢傳趙孝成王使廉頗將兵攻秦秦之間言曰秦之所
患獨畏馬服君趙奢之子趙括爲將耳王以括代頗括之母諫王括徒能讀父書而父子
異心王不聽果敗馬謖得以惑孔明也蜀志馬謖字幼常才器過
人好論軍計諸葛亮深加器異先主謂亮曰謖言過其實不可大用亮謂不然以謖爲參
軍後又令統大衆戰于街亭爲張郃所破○謖音縮今之若此類者不
乏於世將相大臣聞其言而必能辨之者亦

妄矣無之而不言者土木類也周仁以重臣爲二千石（西漢周仁其先任城人武帝立以先帝臣重之仁乃病免以二千石祿歸老）許靖以人譽而致三公（先主圍成都許靖踰城降先主以此薄靖不用法正曰靖之浮稱播流四海若其不禮天下之人謂公爲賤賢也於是以靖爲司徒）近世尤好此類以爲長者最得薦寵夫言朴愚無害者（蕭何以文毋害爲沛主吏掾無害謂不刻害也）其於田野鄉閭爲匹夫雖稱爲長者可也自抱關擊柝以往（孟子惡乎宜乎抱關擊柝柝夜所擊之木也左氏魯擊柝聞於邾是也他各切）則必敬其事（事君敬其事而後其食）愈上則及物

者愈大何事無用之廿哉今之言曰某子長者可以爲大官類非吉之所謂長者也則必土木而已矣夫捧土揭木而致之巖廊之上揭舉也去揭切蒙以紋冕翼以徒隸而趨走其左右一無而字豈有補於萬民之勞苦哉聖人之道不益於世用不字下一有盡字凡以此也故曰知之難孔子曰仁者其言也訒論語司馬牛問仁子曰仁者其言也訒注訒難也孟子病未同而言然則彼未吾信而吾告之以士必有三間是將曰彼誠知士歟知

自荀知至唯明五行從左至右看

文歟疑之而未重一間也又曰彼無乃私好歟交以利歟二間也又曰彼不足我而惎我哉說文惎毒也○惎渠記切兹咈吾事三間也畏是而不言故曰言之難言而有是患故曰聽信之難荀知之雖無有司而士可以顯則吾一旦操之不吾信吾知之而不捨其必有信吾者矣言聽之難而不務取士士理之本也荀有司所以聽一不至則不可冀矣然而君子不以唯明者爲能得其所以薦得其所以言得其

用人之柄其必有施矣故公卿之大任莫若索士士不預備而熟講之卒然君有問焉宰相有咨焉有司有求焉其無以應之則大臣之道或闕故不可憚煩今之世言士者先文章文章士之末也然立言存乎其中即末而操其本可十七八未易忽也自古文士之多莫如今今之後生爲文希屈馬者可得數人屈屈原馬司馬遷希王褒劉向之徒者又可得十人至陸機潘岳之比累累相望累力追切若皆爲之

不已則文章之大盛古未有也後代可知之
今之俗耳庸目無所取信傑然特異者乃見
此耳文人以文律通流當世叔仲鼎列大曆九年
憑中進士十二年凝中進士十三年凌中進士皆有名時號三楊天下號爲
文章家今又生敬之敬之凌子元和二年中進士敬之字茂孝常爲
華山賦示韓愈愈稱之敬之希屈馬者之一也天下方
理平今之文士咸能先理理不一斷於古書
老生直趣堯舜之道一作大道孔氏之志明而出
之又古之所難有也然則文章未必爲士之

未獨采取何如爾宗元自小學爲文章中間幸聯得甲乙科第至尚書郎專百官章奏然未能究知爲文之道自貶官來無事讀百家書上下馳騁乃少得知文章利病去年吳武陵來（武陵元和二年中進士三年謫永州）美其齒少才氣壯健可以與西漢之文章日與之言因爲之出數十篇書庶幾鏗鏘陶冶時時得見古人情狀然彼人古亦人耳夫何遠哉凡人可以言古不可以言今桓譚亦云親見楊子雲容貌不

始一作必

能動人安肯傳其書楊雄贊桓譚曰凡人賤近而貴遠親見楊子雲祿位容貌不能動人故輕其書○譚音覃誠使博如莊周哀如屈原奥如孟軻壯如李斯峻如馬遷富如相如明如賈誼專如楊雄猶爲今之人一有笑字則世之高者至少矣由此觀之古之人未始不薄於當世而榮於後世也若吳子之文非丈人無以知之獨恐世人之才高者不肯久學無以盡訓詁風雅之道以爲一世甚盛若宗元者才力缺敗不能遠騁高厲與諸生摩九霄

撫四海夸耀於後之人矣何也凡爲文以神
志爲主自遭責逐繼以大故荒亂耗竭又常
積憂恐神志少矣所讀書隨又遺忘一二年
來瘖氣尤甚加以衆疾動作不常眊眊然（眊目
少睛音冒）騷擾內生霾霧填擁慘沮（說文霾風雨土也詩終風
且霾音埋）雖有意窮文章而病奪其志矣每聞人
大言則蹶氣震怖撫心按膽不能自止又永
州多火災（憂本無又字）五年之間四爲天火所迫
（天一作大）徒跣走出壞墻穴牖僅免燔灼書籍散

亂毀裂不知所往一遇火恐累日茫洋不能
出言又安能盡意於筆硯（意一作志）矻矻自苦（矻與硈同丘八切說文堅也突也石狀）以危傷敗之寃哉中心之
悃愊鬱結具載所獻許京兆丈人書（許京兆孟容也）
不能重煩於陳列凡人之黜棄皆望望思得
効用而宗元獨以無有是念自以罪大不可
解才質無所入苟焉以叙憂慄爲幸敢有他
志伏以先君禀孝德秉直道高於天下仕再
登朝至六品官宗元無似亦嘗再登朝至六

品矣何以堪此且柳氏號爲大族五六從以來無爲朝士者豈憑蒙獨出數百人右哉以是自忖官已過矣寵已厚矣夫知足與知止異宗元知足矣若便止不受祿位亦所未能今復得好官猶不辭讓何也以人望人尚足自進如其不至則故無憾進取之意息矣身世子然無可以爲家雖甚崇寵之孰與爲榮獨恨不幸獲託姻好而早凋落（公娶疑女正元十五年八月一日卒年二十三）寡居十餘年嘗一男子（晏本無一字）然

無一日之命楊氏孕而不育至今無以託嗣續恨痛常在心目孟子稱不孝有三無後爲大今之汲汲於世者唯懼此而已矣天若不棄先君之德使有世嗣一作祀或者猶望延壽命以及大宥得歸鄉閭立家室則子道畢矣過是而猶競於寵利者天厭之天厭之厭棄也丈人旦夕歸朝廷復爲大僚伏惟以此爲念流涕頓顙寫曩切布之座右一作下不任感激之至宗元再拜

根胡根切唐裴度語爲奸險根折根一作恨漢書田竇語作扤根以不必改爲書作根若從史記則當作扤根

與裴塤書 裴塤墐之弟字行具此書

應叔十四兄足下比得書示勤勤不以僕罪過爲大故有動止相憫者僕望已矣世所共棄惟應叔輩一二公獨未耳 一作獨未下耳 僕未之罪在年少好事進而不能止儔輩恨怒以先得官又不幸早嘗與游者居權衡之地十薦賢幸乃一售 售賈也售音壽 不得者譸張排根 書人乃或

譸張爲幻譸張欺詐也○譸音輈 僕可出而辯之哉性又倨野不能摧折以故名益惡勢益險有喙有耳

者相郵傳作醜語耳不知其卒云何中心之
慾尤若此而已既受禁錮而不能卽死者以
爲久當自明今亦久矣而嗔駡者尚不肯已
堅然相白者無數人聖上日與太平之理不
貢不王者悉以誅討而制度大立長使僕輩
爲匪人耶其終無以見明而不得擊壤鼓腹
樂堯舜之道耶且天下熈熈而獨呻吟者四
五人何其優裕者博而局束者寡其爲不一
徵也何哉大和蒸物燕谷不被其煦一鄒子

向能耻之劉向別錄方士傳言鄒衍在燕燕有谷地美而寒不生五穀鄒子居之吹律而温氣至五穀生今名黍谷今若應叔輩知我豈下鄒子哉然而不耻者何也河北之師當已平奚虜聞吉語矣時吐突承璀討鎮冀王承宗鎮冀自李寶臣本范陽內屬奚承宗之先武俊亦本契丹部落故曰奚虜然若僕者承大慶之後必有殊澤流言飛文之罪流言飛文出劉向傳或者其可以已乎幸致數百里之北使天下之人不謂僕爲明時異物死不恨矣金州考績已久獨蔑然不遷者何耶十二兄宜當更轉右職

十四兄嘗得數書（一無嘗得二字）無恙兄顧惟僕之
窮途得無意乎北當大寒人愈平和惟楚南
極海玄冥所不統炎昏多疾氣力益劣昧昧
然人事百不記一捨憂慄則怠而睡耳偶書
如此不宣宗元再拜

與蕭翰林俛書（按俛本傳貞元中及第又以賢良方正對策異等拜右拾遺元和六年召爲翰林學士凡三年進知制誥）

思謙兄足下昨祁縣王師範過永州爲僕言
得張左司書道思謙蹇然有當官之心乃誠

造一作操

助太平者也僕聞之喜甚然微王生之說僕
豈不素知耶所喜者耳與心叶果於不謬焉
爾僕不幸觸者進當䶗䶉不安之勢䶉音兀平
居閑門口舌無數况又有久與游者乃岌岌
而造其門哉岌魚及切○門一作閭下無哉字其求進而退
者皆聚為仇怨造作粉飾蔓延益肆非的然
昭晰自斷於內則孰能了僕於冥冥之間哉
然僕當時年三十三永貞元年甚少自御史裏行
得禮部員外郎超取顯美欲免世之求進者

聲一作名

怪怒媢嫉媢妬也音冒其可得乎凡人皆欲自達僕先得顯處才不能踰同列聲不能壓當世世之怒僕宜也與罪人交十年官又以是進辱在附會聖朝弘大貶黜甚薄不能塞衆人之怒謗語轉移囂囂嗷嗷囂虚驕切嗷音敖漸成怪民飾智求仕者更詈僕以悦讎人之心詈一作言日爲新奇務相喜可自以速援引之路而僕輩坐益困辱萬罪横生不知其端伏自思念過大恩甚乃以致此悲夫人生少得六七十

者今已三十七矣長來覺日月益促歲歲更甚大都不過數十寒暑則無此身矣是非榮辱又何足道云云不已秪益爲罪兄知之勿爲他人言也居蠻夷中久慣習炎毒昏眊重腿（腿足腫也馳僞切重上聲）意以爲常忽遇北風晨起薄寒中體則肌革瘮懔（瘮寒病山錦切）毛髮蕭條瞿然（瞿音渠）注視怵惕以爲異候意緒殆非中國人楚越間聲音特異鴂舌啅譟（孟子南蠻鴂舌之人鴂鳥名即鶗鴂也鴂音决啅音卓）今聽之怡然不怪已與爲類矣

家生小童皆自然嘵嘵（許堯切）晝夜滿耳聞北人言則啼呼走匿雖病夫亦怛然駭之出門見適州閭市井者其十有八九杖而後興自料居此尚復幾何豈可更不知止言說長短重爲一世非笑哉讀周易困卦至有言不信尚口乃窮也往復益喜曰嗟乎余雖家置一喙以自稱道詬益甚耳用是更樂瘖默（說文瘖不能言也音陰）思與木石爲徒不復致意今天子興教化定邪正海內皆欣欣怡愉而僕與四五

子者獨淪陷如此豈非命歟命乃天也非云云者所制余又何恨獨喜思謙之徒遭時言道道之行物得其利僕誠有罪然豈不枉一物之數耶身被之目覩之足矣何必攘袂用力袂彌蔽切而矜自我出耶果矜之又非道也事誠如此然居理平之世終身爲頑人之類猶有少耻未能盡忘黨因賊平慶賞之際得以見白使受天澤餘潤是時吐突承璀討王承宗公有望於賊平慶宥及罪讁耳雖朽枿腐敗枿伐木餘也牙割牙結二切○枿一本作株不

能生植猶足蒸出芝菌以爲瑞物一釋廢錮移數縣之地則世必曰罪稍解矣然後收召魂魄買土一廛爲耕甿說文一廛一畝半也一家之居也朝夕謌謠使成文章庶木鐸者採取木鐸者金鈴木舌武事振金鐸文事振木鐸以徇於道路獻之法宮法宮路寢正殿也增聖唐大雅之什雖不得位亦不虛爲太平之人矣此在望外然終欲爲兄一言焉宗元再拜

與李翰林建書按建本傳貞元中補校書郎德宗思得文學者或以建聞帝問左右宰柜鄭餘慶曰臣爲吏部時當補校

書者八人他皆藉貴勢以請建獨無有帝喜擢左拾遺翰林學士

杓直足下建字杓直遜之弟也杓音標州傳遽至傳驛也音篆得足下書又於夢得處夢得劉禹錫字得足下前次一書意皆勤厚莊周言逃蓬藋者藋徒弔切聞人足音則跫然喜莊子逃虛空者藜藋柱乎鼪鼬之逕踉位其空聞人足音跫然而喜矣跫喜貌巨恭切僕在蠻夷中比得足下二書及致藥餌喜復何言僕自去年八月來痞疾稍已往時間一二日作今一月乃二三作用

則

南人檳榔餘甘破决壅隔大過隔一作塞陰邪雖敗已傷正氣行則膝顫○顫寒動也顫音戰坐則髀痺髀股也痺足氣不生也濕病上音陛下音鼻所欲者補氣豐血彊筋骨輔心力有與此宜者更致數物忽得良方偕至益善永州於楚爲最南狀與越相類僕悶卽出游游復多恐涉野有蝮虺大蜂蝮蛇細頸大頭焦尾色如綬文文間有毛似豬鬣鼻上有針大者長七八尺一名反鼻虺色如土俗呼土虺○虺許偉切蝮芳六切仰空視地寸步勞倦近水卽畏射工沙蝨詩爲鬼爲蜮蜮在水旁能射人甚者至死亦謂之短狐卽

射工也亦名水弩含怒竊發中人形影動成瘡痏疻痏也羽鬼切一作疵時到幽樹好石甃得一笑巳復不樂何者譬如因拘圜土周禮三罰而歸于圜土注云圜土有獄城也一遇和景負牆搔摩伸展支體當此之時亦以爲適然顧地窺天不過尋丈八尺曰尋終不得出豈復能久爲舒暢哉明時百姓皆獲歡樂僕士人頗識古今理道獨愴愴如此誠不足爲理世下執事至比愚夫愚婦又不可得竊自悼也僕曩時所犯足下適在禁中時建爲翰

林學士備觀本末不復一一言之今僕癃殘頑鄙不死幸甚苟爲堯人不必立事程功程猶建也唯欲爲量移官差輕罪累即便耕田藝蔴取老農女爲妻生男育孫以供力役時時作文以詠太平摧傷之餘氣力可想假令病盡已身復壯悠悠人世越不過爲三十年客耳三或作四前過三十七年元和四年公年三十七與瞬息無異復所得者其不足把翫亦已審矣杓直以爲誠然乎僕近求得經史諸子數百卷常候戰

各上一有僕字

悸稍定時卽伏讀頗見聖人用心賢士君子立志之分著書亦數十篇心病言少次第不足遠寄但用自釋貧者士之常（列子榮啓期曰貧者士之常死者人之終）今僕雖羸餒亦甘如飴矣足下言已白常州煦僕（煦吹也呼句况羽二切）僕豈敢衆人待常州耶若衆人（一作若卽人）卽不復煦僕矣然常州未嘗有書遺僕僕安敢先焉裴應叔蕭思謙（裴墳蕭俛也）各有書足下求取觀之相戒勿示人敦詩在近地（敦詩崔群）簡人事今不能致書足下

默以此書見之勉盡志慮或誤作免盡非輔成一王之法以宥罪戾不悉宗元白

與顧十郎書觀集中送苑論序謂初與論同薦于京師是歲小司徒顧公守春官之缺而權擇士之柄明年春同趨權衡之下並就重輕之試顧公蓋少連也今以門下具官致書於顧君意者必少連子也少連傳云始少連携少子師閔奔行在有詔同止翰林院則顧氏一子豈師閔耶十郎一本作十一郎

四月五日一作月日門生守永州司馬員外置同正員柳宗元謹致書十郎執事凡號門生而

不知恩之所自者非人也纓冠束衽而趨以進者咸曰我知恩知恩則惡乎辨然而辨之亦非難也大抵當隆赫柄用而蜂附蟻合喣喣趄趄（喣吹也趄趑趄也上吁句切下千餘切）便僻匍匐以非乎人而售乎巳若是者一旦勢異則雷滅飈逝（飈甲遥切）不爲門下用矣其或少知耻懼恐世人之非巳也則矯於中以貌於外其實亦莫能至焉然則當其時而確固自守蓄力秉志不爲嚮者之態則於勢之異也固有望焉大

凡以文出門下由庶士而登司徒者七十有九人貞元九年十年顧少連以禮部侍郎知貢舉取進士六十人諸科上九人執事試追狀其態則果能效用者出矣然而中間招衆口飛語譁然譸張者豈他人耶夫固出自門下賴中山劉禹錫等禹錫正元九年中第遑遑惕憂無日不在信臣之門以務白大德順宗時顯增榮謚揚于天官敷于天下以爲親戚門生先寵不意璅璅者晉書習鑿齒傳璅璅常流碌碌凡士〇璅音瑣復以病執事此誠私心痛之堙鬱洶湧不

知所發常以自憾枉朝不能有奇節宏議以
立於當世卒就廢逐居窮阨又不能著書斷
往古明聖法以致無窮之名進退無以異於
衆人不克顯明門下得士之大今抱德厚蓄
憤悱思有以效於前者則既乖謬於時離散
擯抑擯弃也○擯必刃切而無所施用長爲孤因不能
自明恐執事終以不知其始偃蹇退匿者將
以有爲也猶流於嚮時求進者之言而下情
無以通盛德無以酬用爲大恨固嘗不欲言

之今懼老死瘴土一有中字而他人無以辨其志故爲執事一出之古之人耻躬之不逮論語古者言之不出耻躬之不逮也儻或萬萬有一可冀復得處人間則斯言幾乎踐矣因言感激浪然出涕浪音郎書不能旣一作就宗元謹再拜

河東先生集卷第三十

東吳郭雲鵬校壽梓

河東先生集卷第三十一

書

與韓愈論史官書韓文公集中不見與公論史書惟有荅劉秀才書其言爲史者不有人禍必有天刑公此書皆與韓公辯以爲不然觀韓與劉秀才書則公所以荅之之意昭然矣韓元和八年六月爲史館修撰此書云正月其作於九年之春歟退之荅劉秀才論史書見韓文外集第二卷

正月二十一日元和九年某頓首十八丈退之侍者前獲書言史事云具與劉秀才書及今乃

見書藁私心甚不喜與退之往年言史事甚大謬若書中言退之不宜一日在館下安有探宰相意以爲苟以史榮一韓退之耶若果爾退之豈宜虛受宰相榮已而冒居館下近密地食奉養役使掌固漢書作故令史之屬應劭云掌故事固一本作故字利紙筆爲私書取以供子弟費古之志於道者不若是一本之下有字一本不下有宜字且退之以爲紀録者有刑禍避不肯就尤非也史以名爲褒貶猶且恐懼不敢爲設使退之爲御史

內庭外

中丞大夫其褒貶成敗人愈益顯其宜恐懼尤大也則又將揚揚入臺府美食安坐行呼唱於朝廷而已耶在御史猶爾設使退之爲宰相生殺出入升黜天下士其敵益衆則又將揚揚入政事堂美食安坐行呼唱於衢而已耶何以異不爲史而榮其號利其禄者也（一無者字）又言不有人禍則有天刑（則一本作必字）若以罪夫前古之爲史者然亦甚惑凡居其位思直其道道苟直雖死不可回也如回之莫若

亟去其位孔子之困于魯衛陳宋蔡齊楚者其時暗一無暗字諸侯不能以也一作其時諸侯不能以也其不遇而死不由作春秋故也當其時雖不作春秋孔子猶不遇而死也若周公史佚史佚爲周太史也雖紀言書事猶遇且顯也又不得以春秋爲孔子累范曄悖亂雖不爲史其族亦赤范曄删衆家後漢書以謀反族誅爲一家之作宋文帝元嘉二十二年司馬遷觸天子喜怒司馬遷作史記遷盛言李陵武帝以遷欲沮貳師下之蠶室班固不檢下班固作前漢書固僕罵洛陽令种競競怒以事捕固固死獄中

崔浩沽其直以闘暴虜崔浩作魏史立碑以彰直筆衆譖於魏太武帝以爲暴揚國惡帝怒遂族誅浩皆非中道左丘明以疾盲出於不幸子夏不爲史亦盲不可以是爲戒其餘皆不出此是退之宜守中道不忘其直無以他事自恐退之之恐唯在不直不得中道刑禍非所恐也凡言二百年文武事多有誠如此者今退之曰我一人也何能明則同職者又所云若是後來繼今者又所云若是人人皆曰我一人則卒誰能紀傳之耶如退

之但以所聞知孜孜不敢怠同職者後來繼今者亦各以所聞知孜孜不敢怠則庶幾不墜使卒有明也不然徒信人口語每每異辭日以滋久則所云磊磊軒天地者（磊魯猥切　軒作掀舉）決必不沉沒且亂雜無可考非有志者所忍恣也果有志豈當待人督責迫蹙然後爲官守耶又凡鬼神事耿茫荒惑無可準明者所不道退之之智而猶懼於此今學如退之辭如退之好議論如退之之（議一作詩）慷慨自爲正

直行行焉如退之論語行行如也註剛強之貌○行胡浪切猶所云若是則唐之史述其卒無可託乎明天子賢宰相得史才如此而又不果甚可痛哉退之宜更思可爲速爲果卒以爲恐懼不敢則一日可引去又何以云行且謀也今當爲而不爲又誘館中他人及後生者此大惑已不勉已而欲勉人難矣哉

與史官韓愈致段秀實太尉逸事書

公自狀段秀實逸事甚悉又有上逸事於史館狀此又與韓昌

黎書使書之勿墜時元和九年也新史叚太史傳皆取公所爲狀具載之贊又載公所上史館狀中語曰宗元不妄許人諒其然耶其益於名節多矣

退之館下前者書進退之力史事即謂前書奉荅
誠中吾病若疑不得實未即籍者籍謂記録者字一作
有諸諸皆是也皆一作誠退之平生不以不信見遇
竊自冠古玩切好遊邉上問故老卒吏得叚太
尉事最詳今所趨走州刺史崔公元和九年御史中丞
崔能來莅永州時賜言事又具得大尉實跡參挍備

具太尉大節古固無有然人以爲偶一奮遂名無窮今大不然太尉自有難在軍中其處心未嘗虧側其莅事無一不可紀會在下名未達以故不聞非直以一時取効爲諒也論語匹夫匹婦之爲諒也諒信也史遷死一作太史退之復以史道在職宜不苟過日時昔與退之期爲史志甚壯今孤囚廢錮連遭瘴癘頹朝夕就死無能爲也第不能竟其業若太尉者宜使勿墜太史遷言荆軻徵夏無且史記荆軻贊曰始公孫季功董生與夏無

且滿具知其事爲余道之如是且即餘切言大將軍徵蘇建史記衛將軍傳蘇建語余曰吾嘗責大將軍至尊重而天下之賢大夫無稱焉言留侯徵畫容貌史記張良贊見其圖狀貌如婦人好女今孤因賤辱雖不及無且建等然比畫工傳容貌尚差勝春秋傳所謂傳信傳著谷梁莊公七年春秋著以傳著疑以傳疑雖孔子亦猶是也竊自以爲信且著其逸事有狀

答劉禹錫天論書一本劉禹錫天論在後○公嘗作天說禹錫以爲未盡作天論以辨之公反覆以書問辨觀禹錫天

論叅以書意則其意自昭然餘詳解在禹錫天論及公天說下見十六卷

宗元白發書得天論三篇以僕所爲天說爲未究欲畢其言始得之大喜謂有以開吾志慮開下一有明字及詳讀五六日求其所以異吾說卒不可得其歸要曰非天預乎人也凡子之論乃吾天說傳疏耳無異道焉諄諄佐吾言而曰有以異不識何以爲異也子之所以爲異者豈不以贊天之能生植也欲夫天之能

生植夂矣不待贊而顯且子以天之生植也爲天耶爲人耶抑自生而植乎若以爲爲人則吾愈不識也若果以爲自生而植則彼自生而植耳何以異夫果蓏之自爲果蓏（果魯切有核曰果無核曰蓏）癰痔之自爲癰痔草木之自爲草木耶是非爲蟲謀明矣猶天之不謀乎人也（乎一作于）彼不我謀而我何爲務勝之耶子所謂交勝者若天恒爲惡人恒爲善（若下一有知字）人勝天則善者行是又過德乎人過罪乎天也又

曰天之能者生植也人之能者法制也禹錫天論云天之道在生植其用在強弱人之道在法制其用在是非是判天與人爲四而言之者也余則曰生植與災荒皆天也法制與悖亂皆人也二之而已其事各行不相預而凶豐理亂出焉究之矣凡子之辭枝葉甚美而根不直取以遂焉又子之喻乎旅者皆人也又下一有曰字而一曰天勝焉一曰人勝焉何哉蒼蒼之先者力勝也蒼蒼一作莽蒼邑郛之先者智勝也虞芮力窮也匡宋智窮也是

非存亡皆未見其可以喻乎天者若子之説要以亂爲天理理爲人理耶謬矣若操舟之言人與天者愚民恒説耳幽厲之云爲上帝者無所歸怨之辭爾不足喻乎道（一有皆字）子其孰之無羨言修論（羡餘也）以益其枝葉姑務本之爲得不亦裕乎獨所謂無形爲無常形者甚善宗元白

與劉禹錫論周易九六説書（一本九六書在前劉夢得集有與董生言易辨易九六論二篇有曰乾之爻皆

九而坤六何也世之儒者吾聞諸孔穎達云陽尊得兼乎陰陰不得兼乎陽也他日與董生言及易生曰吾聞諸畢中和云舉老而稱也因舉揲蓍變之所遇多少以明老陰老陽之數以明二篇之策復取左傳國語昔人之筮以爲證且曰余與董生九六之義信與理會爲不誣矣又於左之傳二書參焉若合形影而世人往往攘臂於其間曰生之名孰與穎達著耶而才孰與元凱賢耶歷載曠日未嘗有聞人用是說者雖余憤然用口舌爭特貌從者十一二人焉余獨悲而志之以俟夫後覺此夢得所言易大槩也

見與董生論周易九六義取老而變以爲畢中和承一行僧得此說（董生言本畢中和，和本其師，師本一行）○（行下孟切）異孔穎達疏而以爲新奇彼畢子董子何膚末於學而遽云云也都不知一行僧承韓氏孔氏說（韓康伯、孔穎達）而果以爲新奇不亦可笑矣哉韓氏注乾之策二百一十有六曰乾一爻三十六策則是取其過揲四分而九也坤之策一百四十有四曰坤一爻二十四策則是取其過揲四分而六也孔穎達等作正義論云九六有二義其一者曰陽得兼陰陰不得兼陽其二者曰老陽數九老陰數六二者皆變用周易以變者占鄭玄注易亦稱以變者占故云九六也所以老陽九老陰六者九過揲得老陽六過揲得老陰此具在正義乾篇中周簡子之說亦若此而又詳備何畢子董子之不視其書而妄以口承之也君子之學將有以異也必先究窮其書究窮而不得焉乃可以立而正也今二子尚未能讀

韓氏注孔氏正義是見其道聽途說者又何
能知所謂易者哉足下取二家言觀之則見
畢子董子膚末於學而遽云云也足下所爲
書非元凱兼三易者則諾若曰孰與頴達著
則此說乃頴達說也非一行僧畢子董子能
有異者也一本異字下有說字無乃即其謬而承之者
歟觀足下出入筮數考校左氏今之世罕有
如足下求易之悉者也然務先窮昔人書有
不可者而後革之則大善謹之勿遽宗元白

答元饒州論春秋書

辱復書教以報張生書及荅衢州書言春秋此誠世所希聞兄之學爲不負孔氏矣往年曾記裴封叔宅（封叔名墐）聞兄與裴太常言晉人及姜戎敗秦師于殽一義嘗諷習之又聞韓宣英及巨友呂和叔輩言他義（宣英曄和叔溫）知春秋之道久隱而近乃出焉京中於韓安平處（韓泰字安平）始得微指和叔處始見集註恨顧掃於陸先生之門（陸質一名淳嘗著春秋微指二篇集註二篇春秋辨疑七

篇及先生爲給事中貞元二十年二月以貞爲給事中與宗元入尚書同目居又與先生同巷始得執弟子禮未及講討會先生病時聞要論嘗以易教誨見寵不幸先生疾彌甚貞元二十年九月貞卒門人私謚曰文通先生公嘗有墓表宗元又出邵州九月出刺邵州乃大乖謬不克卒業復於亓友凌生處凌準字宗一元和三年卒公有誌盡得宗指辨疑集註等一通伏而讀之於紀侯大去其國事見左傳莊公四年見聖人之道與堯舜合不唯文王周公之志獨取其法耳於

夫人姜氏會齊侯于禚音灼齊地名事見左傳莊公二年見
聖人立孝經之大端所以明其分也於楚人
殺陳夏徵書丁亥楚子入陳納公孫寧儀行
父于陳事見左傳宣公元年見聖人褒貶與奪唯當之
所在所謂瑕瑜不掩也禮記云瑕不掩瑜瑜不掩瑕反覆
甚喜若吾生前距此數十年則不得是學矣
今適後之不爲不遇也凡書中所陳皆孔氏
大趣無得踰焉其言書荀息貶立卓之意也
左傳僖十年經書里克弑其君卓及其大夫
荀息先是晉獻公寵驪姬殺太子申生逐夷

吾重耳而立奚齊前年獻公卒里克弒奚齊荀息又立卓子至是里克又弒而荀息死之頃嘗怪荀息奉君之邪心以立孽子不務正義棄重耳於外而專其寵孔子同於仇牧孔父爲之辭左傳桓二年經書宋督弒其君與夷及其大夫孔父莊十二年經書宋萬弒其君捷及其大夫仇牧與前書里克事書法皆同今凡言貶息大善息固當貶也然則春秋與仇孔辭不異仇孔亦有貶歟宗元嘗著非國語六十餘篇其一篇爲息發也今録以往可如愚之所謂者乎微指中明鄭人來渝平事見左傳隱公五年量力而

退告而後絶固先同後異者也今檢此前無
與鄭同之文後無與鄭異之據獨疑此一義
埋甚精而事有不合兄亦當指而教焉往年
又聞和叔言兄論楚商臣一義（事見左傳文公元年）雖
啖趙陸氏皆所未及（啖助趙匡陸質）請具録當疏徹
指下以傳末學蕭張前書亦請見及至之日
勤爲一卷以垂將來宗元始至是州作陸先
生墓表今以奉獻與宣英讀之（時曄爲饒州刺史）春
秋之道如日月不可贊也若贊焉必同於孔

跖優劣之説故直舉其一二不宣宗元再拜

與呂道州温論非國語書（温字化光一字和叔）

（元和三年十月爲道州刺史六年八月卒公嘗爲之誄此書作於六年前）

四月三日宗元白化光足下逝世之言理道者衆矣率由大中而出者咸無焉其言本儒術則迂迴茫洋而不知其適其或切於事則苛峭刻覈（峭七肖切覈下革切）不能從容卒泥乎大道（泥乃計切）甚者好怪而妄言推天引神以爲靈奇

恍惚若化而終不可逐故道不明於天下而學者之至少也吾自得友君子而後知中庸之門戶階室漸染砥礪幾乎道真然而常欲立言垂文則恐而不敢今動作悖謬以爲僇於世身編夷人名列囚籍以道之窮也而施乎事者無日故乃挽引强爲小書以志乎中之所得焉嘗讀國語病其文勝而言尨好詭以反倫其道舛逆而學者以其文也咸嗜悅焉伏膺呻吟者至比六經則溺其文必信其

實是聖人之道騶也余勇不自制以當後世之訕怒輒乃黜其不臧救世之謬（救一當究）凡爲六十七篇命之曰非國語既就累日怏怏然不喜（怏於亮切）以道之難明而習俗之不可變也如其知我者果誰歟凡今之及道者果可知也巳後之來者則吾未之見其可忽耶故思欲盡其瑕纇（盧對切）以別白中正（一無別字）度成吾書者非化光而誰輒令往一通（一作令往一通一作輒往一遈）惟少留視役慮以卒相之也往時致用作

孟子評（李景儉字致用）有常詞者（詞亦字致周）告余曰吾
以致用書示路子路子曰善則善矣然昔之
爲書者豈若是摭前人耶（摭拾也）韋子賢斯言
也余曰致用之志以明道也非以摭孟子蓋
求諸中而表乎世焉爾今余爲是書（余一作吾）非
左氏尤甚若二子者固世之好言者也而猶
出乎是況不及是者滋衆則余之望乎世者
愈狹矣卒如之何苟不悖於聖道而有以啓
明者之慮則用是罪余者雖累百世滋不憾

而恧焉（恧女六切，慙也）於化光何如哉激乎中必厲乎外想不思而得也宗元白

答吳武陵論非國語書

濮陽吳君足下僕之爲文久矣然心少之不務也以爲是特博奕之雄耳故在長安時不以是取名譽意欲施之事實以輔時及物爲道自爲罪人捨恐懼則閑無事故聊復爲之然而輔時及物之道不可陳于今則宜垂於後言而不文則泥（乃計切）然則文者固不可少

耶拘囚以來無所發明蒙覆幽獨會足下至元和三年武陵謫永州與公文字往來爲多然後有助我之道一觀其文心朗目舒炯若深非之下炯明也仰視白日之正中也足下超軼如此之才軼音逸每以師道命僕僕滋不敢僕每爲一書足下必大光耀以明之固又非僕之所安處也若非國語之說僕病之久甞難言於世俗今因其閑也而書之怕恐後世之知言者用是詬病詬古候切狐疑猶豫猶去聲伏而不出累月方示足

下足下乃以爲當僕然後敢自是世呂道州善言道（道州刺史呂温）亦若吾子之言意者斯文殆可取乎夫爲一書務富文采不顧事實而益之以誣怪張之以闊誕以炳然誘後生而終之以僻是猶用文錦覆陷穽也不明而出之則顛者衆矣僕故爲之摽表以告夫遊乎中道者焉僕無聞而甚陋又在黜辱居泥塗若螾蛭然（螾與蚓同蛭音質水蛭也）雖鳴其聲音誰爲聽之獨賴世之知言者爲准（一無准字）其不知言而罪

我者一無其字吾不有也僕又安敢期如漢時列
官以立學故爲天下笑耶是足下之愛我厚
始言之也前一通如來言以汙篋牘此在明
聖人之道微足下僕又何託焉不悉宗元白

與呂恭論墓中石書一本此書在論九六書前口呂

恭字敬叔一名宗禮

宗元白元生至得弟書甚善諸所稱道具之
元生又持部中廬墓父者恭爲桂管防禦使所得石
書模其文示余云若將聞於上余故恐而疑

焉僕蚤好觀古書家所蓄晉魏時尺牘甚具又二十年來徧觀長安貴人好事者所蓄殆無遺焉以是善知書雖未嘗見名氏亦望而識其時也又文章之形狀古今特異第之精斂通達夫豈不究於此今視石文署其年曰永嘉（晉懷帝年號）其書則今田野人所作也雖支離其字尤不能近古爲其永字等頗效王氏變法皆永嘉所未有辭尤鄙近若今所謂律詩者晉時蓋未嘗爲此聲大謬妄矣又言植

松爲擢之怪（擢一作摧）而掘其土得石尤不經難
信或者得無蘙爲之乎且古之言葬者藏也
壞樹之而君子以爲譏（禮記檀弓篇國子高曰葬者藏也藏也者欲人之弗得見也反壞樹之哉）況廬而居者其足尚之哉聖
人有制度有法令過則爲辟（音闢罪也）故立大中
者不尚異教人者欲其誠是故惡夫飾且僞
也過制而不除喪宜廬於庭而矯於墓者大
中之罪人也況又出怪物詭神道以奸大法（奸音干犯也）而因以爲利乎夫僞孝以奸利誠仁

者不忍擿過（擿陟革切又他歷切）恐傷於教也然使僞可爲而利可冒則教益壞若然者勿與知焉可也伏而不出之可也以大夫之政良（大夫桂管）觀察而吾子贊焉（恭嘗以監察御史參江南西道軍事時韋丹爲觀察使）固無闕遺矣作東郛攺市鄽去比竹茨草之室而埴土大木（埴音暨）陶甄梓匠之工備蘗火不得作（韋丹觀察江南西道教人爲瓦屋別置南北市營退之誌丹墓備書之公之所云此事也）亦化惰窳之俗（惰徒果切窳以主切窳亦惰也惡也器空中病也史記以故呰窳注呰窳苟且懶惰之謂）絕偷浮之源而條桑

浴種詩豳月條桑註條桑披落之采其葉深也禮記祭義大昕之朝奉種浴于川

耕易耨之力用寬傜嗇貨均賦之政起其道

美矣於斯也慮善善之過而莫之省誠慤之

道少損故敢私言之夫以淮濟之清有玷焉

若秋毫固不爲病然而萬一離婁子耿然睍

之不若無者之快也想默巳其事毋出所置

書幸甚宗元白

與友人論爲文書一作答友人求文章書

古今號文章爲難足下知其所以難乎非謂

比興之不足恢拓之不遠鑽礪之不工頗纇之不除也頗普禾切偏也得之爲難知之愈難耳苟或得其高朗一作明探其深賾雖有蕪敗則爲日月之蝕也大圭之瑕也曷足傷其明黜其寶哉且自孔氏以來茲道大闡家修人勵刓精竭慮者幾千年矣刓五官切其間耗費簡札役用心神者其可數乎登文章之籙波及後代越不過數十人耳其餘誰不欲爭裂綺繡互攀日月高視於萬物之中雄峙於百代之下

乎率皆縱臾而不克縱臾獎厲也前漢書衡山王傳候星氣者日夜縱臾王謀反事註縱臾勉強也○縱子勇切臾音勇踊躍而不進力蹴勢窮蹴與蹙同子六切迫也吞志而沒故自得之爲難嗟乎道之顯晦幸不幸繫焉談之辯訥升降繫焉鑒之頗正好惡繫焉交之廣狹屈伸繫焉則彼卓然自得以奮其間者合乎否乎是未可知也而又榮古虐今者虐一作陋比肩疊跡大底一作抵生則不遇死而垂聲者衆焉揚雄沒而法言大興馬遷生而史記未振彼之二

才才一作子且猶若是況乎未甚聞者哉固有文
不傳於後祀聲遂絶於天下者矣故曰知之
愈難而爲文之士亦多漁獵前作戕賊文史
抉其意抉二決古穴二切抽其華置齒牙間遇事蠭
起金聲玉耀誑聾瞽之人徼一時之聲徼與僥同
雖終淪棄而其奪朱亂雅論語惡紫之奪朱也惡鄭聲之亂雅
樂也爲害已甚是其所以難也間聞足下欲觀
僕文章退發囊笥編其蕪穢心悸氣動交於
胷中未知孰勝故久滯而不往也今往僕所

著賦頌碑碣文記議論書序之文凡四十八篇合爲一通想令治書蒼頭吟諷之也擊轅拊缶漢書楊惲傳仰天拊缶而聲嗚嗚必有所擇顧鑒視何如耳一本視字下有其字還以一字示褒貶焉

河東先生集卷第三十一

東吳寵顯
鵰校畫梓

書下
啓上
共二十

河東集三十二之五

◎

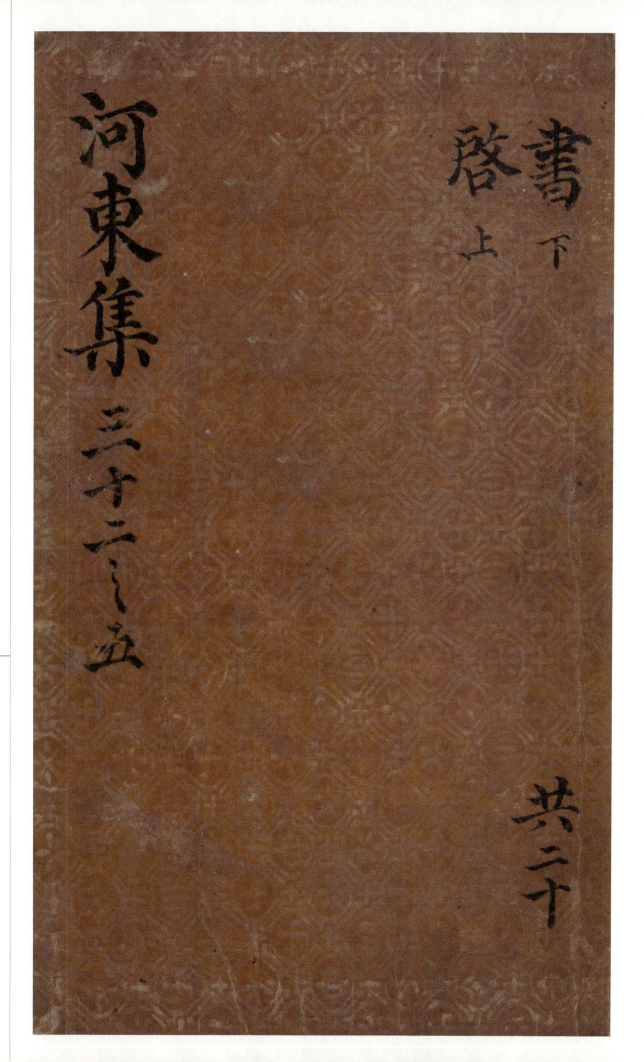

河東先生集卷第三十二

書

答元饒州論政理書

考新舊史元姓不見其爲饒州者新史年表有元洪者嘗爲饒州刺史而時不可考元和間惟有元稹而傳不載其爲饒州公此書所與元饒州未詳其人劉禹錫集中亦有答元饒州論政理書大率其意與公此書同

奉書辱示以政理之說及劉夢得書往復甚善類非今之長人者之志長展兩切不惟充賦稅養祿秩足已而已獨以庶富且教爲大任論語

子適衛冉有僕子曰庶矣哉冉有曰既庶矣又何加焉曰富之冉有曰既富矣又何加焉曰教之甚盛甚盛孔子曰吾與回言終日不違如愚然則蒙者固難曉必勞申諭乃得悅服用是尚有一疑焉兄所言免貧病者一無貧字一無病字而不益富者稅此誠當也也一作是乘理政之後固非若此不可不幸乘獘政之後其可爾耶夫獘政之大莫若賄賂行而征賦亂苟然則貧者無貲以求於吏貲音髭貨財也所謂有貧之實謂下一有則字而不得貧之名富者操其贏以市

於吏（贏音盈，餘利也）則無富之名而有富之實，貧者愈困餓死亡而莫之省，富者愈恣橫侈泰而無所忌（橫去聲）。兄若所遇如是，則將信其故乎？是不可懼撓人而終不問也，固必問其實。問其實，則貧者固免，而富者固增賦矣，安得持一定之論哉？若曰止免貧者而富者不問，則僥倖者衆，皆挾重利以邀，貧者猶若不免焉。若曰檢富者，懼不得實而不可增焉，則貧者亦不得實，不可免矣。若皆得實而故縱以爲不均何哉孔子曰不患寡而患不均不患貧而患不安今富者稅益少貧者不免於捃拾以輸縣官捃俱運切收也其爲不均大矣然非唯此而已一無然字必將服役而奴使之多與之田而取其半或乃取其一而收其二三主上思人之勞苦一無之字勞作勤或減除其稅則富者以戶獨免而貧者以受役卒輸其二三與半焉是澤不下流而人無所告訴一無所字其爲不安亦大矣夫如是不一定經界覈名實而姑重

攺作其可理乎夫富室貧之毋也誠不可破壞然使其太倖而役於下則又不可兄云懼富人流爲工商浮窳（窳音庾惰也）蓋甚急而不均則有此耳若富者雖益賦而其實輸當其十一猶足安其堵雖驅之不肯易也檢之逾精則下逾巧誠如兄之言管子亦不欲以民產爲征故有殺畜伐木之說今若非市井之征則捨其產而唯丁田之問推以誠質示以恩惠嚴責吏以法如所陳一社一村之制遞以

信相考安有不得其實不得其實則一社一村之制一無一社二字亦不可行矣是故乘獘政必須一定制而後兄之說乃得行焉蒙之所見及此而已永州以僻隅少知人事兄之所代者誰耶理歟獘歟理則其說行矣若其獘也蒙之說其在可用之數乎因南人來重曉之其他皆嗇愚不足以議願同夢得之云者兄通春秋取聖人大中之法以爲理饒之理小也不足費其慮無所論刺故獨舉均賦之事

以求往復而除其惑焉不習吏職而強言之宜爲長者所笑弄然不如是則無以來至當之言蓋明而教之君子所以開後學也又聞兄之莅政三日舉韓宣英以代巳（永貞元年十一月貶韓曄爲饒州司馬亦坐王叔文之黨曄字宣英）宣英達識多聞而習於事宜當賢者類舉今負罪屏棄凡人不敢稱道其善又況聞於大君以二千石薦之哉是乃希世拔俗果於直道斯古人之所難而兄行之宗元與宣英同罪皆世所背馳者也

兄一舉而德皆及焉祁大夫不見叔向左傳襄公二十一年晉囚叔向祁大夫以言於公而免之不見叔向而歸叔向亦不告免焉而朝今而預知斯舉下走之大過矣一本作過大矣書雖多言不足導意故止於此不宣宗元再拜

與崔饒州論石鍾乳書饒當作連饒州諱簡字子敬公之姊夫先刺連州後移永未上而卒於元和七年公嘗作權厝誌又有祭簡文云悍石是餌元精以渝是簡卒以鍾乳敗也此書多作於七年之前云

宗元白前以所致石鍾乳非良聞子敬所餌

與此類類下一有異字又聞子敬時憒悶動作憒古對切心亂也宜以爲未得其粹美而爲麄礦燥悍所中礦古猛切銅鐵樸石也慘七感切據此文言鍾乳麄礦慘悍疑慘當作感字懼傷子敬醇懿仍習謬誤故勤勤以云也再獲書辭辱徵引地理證驗多過數百言以爲土之所出乃良無不可者是將不然夫言土之出者固多良而少不可不謂其咸無不可也草木之生也依於土然即其類也而有居山之陰陽或近水或附石其性移焉又況鍾乳

直產於石石之精麄踈密尋尺特異而穴之上下土之薄厚石之高下不可知則其依而產者固不一性然由其精密而出者則油然而清炯然而輝（炯戶茗切光也）其竅滑以夷其肌廉以微食之使人榮華温柔其氣宣流生胃通腸壽善康寧心平意舒其樂愉愉由其麄踈而下者則奔突結澁乍大乍小色如枯骨或類死灰淹顇不發（顇音悴）叢齒積纇重濁頑璞食之使人偃蹇壅鬱泄火生風戟喉癢肺（癢與

痒同幽闕不聽心煩喜怒肝舉氣剛不能和平故君子慎焉取其色之美而不必唯土之信以求其至精凡爲此也幸子敬餌之近不至於是故可止禦也必若土之出無不可者則東南之竹箭爾雅東南之美者有會稽之竹箭焉雖旁歧揉曲皆可以貫犀革貫穿也犀革以爲甲北山之木雖離奇液樠漢書蟠木根柢輪囷離奇註委曲盤戾也莊子以爲門戶則液樠註液津也樠謂脂出樠樠然也〇奇音羇樠莫官切或從木毋奔切空中立枯者皆可以梁百尺之觀古玩切航千仞之淵冀之北

◎

土馬之所生左傳昭四年晉大夫司馬侯之言凡其大耳短脰音豆項也拘攣踠跌踠足跌也曲脚也跌差跌也○踠於遠切跌徒結切薄蹄而曳者易坎於馬也爲薄蹄爲曳皆可以勝百鈞勝舉也三十斤曰鈞馳千里雍之塊璞皆可以備砥礪書黑水西河惟雍州厥貢球琳琅玕註球琳玉名琅玕石而似珠砥礪卽礪砥砮丹註砥細於礪皆磨石也禹貢荊州礪砥砮丹非雍州也徐之糞壤皆可以封大社書海岱及淮惟徐州厥貢惟土五色註王者封五色土社建諸侯則各割其方色土與之使立社荊之茅皆可以縮酒禹貢荊及衡陽惟荊州包匭菁茅以縮酒九江之元龜皆可以卜禹貢荊州九江納錫大龜

泗濱之石皆可以擊考 禹貢徐州泗濱浮磬 君是而不大謬者少矣其在人也則魯之晨飲其羊 家語魯之販羊有沈猶氏常朝飲其羊以詐市人及孔子爲政沈猶氏不敢朝飲其羊 闗轂而輠輪者 禮記叔孫武叔朝見輪人以其杖闗轂而輠輪闗穿也輠回轉也謂作輪之人以扶病之杖闗穿車轂中而回轉其輪○輠音禍 皆可以爲師儒 孔子魯人也故言之 盧之沽名者皆可以爲太醫 扁鵲盧人也而醫多盧 西子之里惡而矉者皆可以當侯王 莊子西施病心而矉其里其里之醜人見而美之歸亦捧心而矉其里其里之富人見之閉門而不出貧人見之挈妻子而去之走○矉音賓蹙頞也 山西之

冒沒輕儳音讒貪也沓貪而忍者漢書趙充國贊秦漢以來山西

出將山東出相皆可以鑿凶門制閫外淮南子國有難君召將授

之以鉞鑿凶門而出山東之稚騃樸鄙騃語駭切力農桑唉

棗栗者山東有棗栗之饒皆可以謀謨於廟堂之上

若是則反倫悖道甚矣何以異於是物哉是

故經中言丹砂者經謂本草以類芙蓉而有光唐註

本草云光明砂生石龕內似芙蓉破之如雲母光明照徹在龕中石臺上言當歸

者以類馬尾蠶首本草有云當歸有二種細葉者名蠶頭大葉者名馬

尾當歸蠶頭者世不復用言人參者以人形本草云人參如人形者有

神黄芩以腐腸陶隱居云黄芩圓者名子芩破者名宿芩附子八角陶隱居云附子以八月上旬採八角者良甘遂赤膚陶隱居云甘遂出中山赤皮者最勝白皮者下類不可悉數所主切若果土宜乃善則云生某所不當又云某者良也又經註曰始興爲上次乃廣連本草云鍾乳第一始興其次廣連澧朗郴等州則不必服正爲始興也今再三爲言者唯欲得其英精以固子敬之壽非以知藥石角技能也若以服餌不必利已姑務人而夸辯博素不望此於子敬其不然明矣故畢其說

簡始以文雅清秀見稱後餌玉石藥易且亂故不承于初自連移永得罪貶驩州元和七年正月二十六日卒宗元再拜

答周君巢餌藥久壽書書月日而不年然觀其書辭云罪大擯棄蓋當在永州時作

奉二月九日書所以撫教甚具無以加焉夫人用文雅從知巳日以悖大府之政君巢時爲幕府從事甚適東西來者皆曰海上多君子周爲倡焉一作首敢再拜稱賀宗元以罪大擯廢居小州與囚徒爲朋行則若帶纆索一本作徽纆易繫用徽纆

由苟作於

徽纆皆繩也三股曰徽兩股曰纆○纆音墨處則若關桎梏桎音質梏古毒切彳亍而無所趨彳丑石切亍音觸說文步止也選彳亍中輟拳掏而不能肆槁焉若枿音蘖伐木餘也隤焉若璞隤徒回切塊也璞普角切其形固若是則其中者可得矣然由未嘗肯道鬼神等事今夫人乃盛譽山澤之臞者司馬相如以列仙之儒居山澤間形容甚臞非帝王之仙意乃奏大人賦○臞權居切瘠也以爲壽且神其道若與堯舜孔子似不相類焉何哉又曰餌藥可以久壽將分以見與固小子之所不欲得也子一作人嘗以

君子之道處焉則外愚而内益智外訥而内益辯外柔而内益剛出焉則外内若一而時動以取其宜當而生人之性得以安聖人之道得以光獲是而中雖不至者老其道壽矣今夫山澤之臞於我無有焉視世之亂若理視人之害若利視道之悖若義我壽而生彼天而死固無能動其肺肝焉眛眛而趍屯屯而居（屯讀當如忳忳徒昆切悶也楚辭中悶瞀之忳忳注憂貌忳忳然無所舒也）浩然若有餘摇草熹石以私其筋骨而日以益

愚他人莫利已獨以愉若是者愈千百年滋所謂夭也又何以爲高明之圖哉宗元始者講道不篤以蒙世顯利動獲大僇用是奔竄禁錮爲世之所詬病詬古候切凡所設施皆以爲戾從而吠者成羣楚辭邑犬羣吠吠所怪也已不能明而況人乎然苟守先聖之道由大中以出雖萬受擯棄不更乎具內大都類往時京城西與丈人言者愚不能改亦欲丈人固往時所執推而大之不爲方士所惑仕雖未達無忘生

人之患則聖人之道幸甚其必有陳矣不宣

宗元再拜

與李睦州服氣書愚溪作於元和之五年吳武陵謫來永州在元和之三年今書云愚溪之遊間一日武陵先作書則此書當在五年後作公又有同武陵送李睦州序睦州亦永之遷客也

二十六日宗元再拜前四五日與邑中可與遊者遊愚溪上池西小丘坐柳下酒行甚歡坐者咸望兄不能俱元和二年睦州所誣斥南海上更赦量移

永州以爲兄由服氣以來貌加老而心少歡諭不若前去年時是時既言皆沮然聤睞聤睞斜視也睞目瞳子不正。聤莫莧切睞洛代切思有以已兄用斯術而未得路一無路字間一日濮陽吳武陵最輕健先作書道天地日月黃帝等下及列仙方士皆死狀出千餘字頗甚怏辯伏覩兄貌笑口順而神不僭來及食時竊覘和糅燥濕糅女救切順也與啖飲多寡猶自若是兄陽德其言而陰黜其忠也若古之強大諸侯然負固恃力周禮負固

不服則侵之負恃也固險也敵至則諾去則肆是不可變

之尤者也攻之得則宜濟師今吳子之師已

遭諾而退矣愚敢厲銳擐堅堅謂堅甲。擐音患又音貫

鳴鍾鼓以進夾於城下惟兄明聽之凡服氣

之大不可者吳子已悉陳矣悉陳而不變者

無他以服氣書多美言以爲得恒久大利則

又安得棄吾実言大利而從他人之苦言哉

今愚甚吶與訥同不能多言大凡服氣之可不

死歟不可歟壽歟夭歟康寧歟疾病歟若是

者愚皆不言但以世之兩事已所經見者類之以明兄所信書必無可用愚幼時嘗嗜音見有學操琴者不能得碩師（莊子無碩師而能言碩大也）而偶傳其譜讀其聲以布其爪指蚤起則嘐嘐譊譊以逮夜（嘐音交譊馨幺切）又增以脂燭燭不足則諷而鼓諸席如是十年以爲極工出至大都邑操於衆人之座則皆得大笑曰嘻何清濁之亂而疾舒之乖歟卒大慙而歸及年已長則嗜書（已一作少）又見有學書者亦不能得

硯書〻書
苟作師

硯書獨得國故書伏而攻之（一無國字作工）其勤若
向之爲琴者而年又倍焉出曰吾書之工能
爲若是知書者又大笑曰是形縱而理逆卒
爲天下棄又大懟而歸是二者皆極工而反
棄者何哉無所師而徒狀其文也其所不可
傳者卒不能得故雖窮日夜獘歲紀愈遠而
不近也今兄之所以爲服氣者果誰師耶始
者獨見兄傳得氣書扵盧遵所伏讀三兩日
遂用之其次得氣訣於李計所又參取而大

施行焉是書是訣遵與計皆不能知然則凡之所以學者無碩師矣是與向之兩事者無毫末差矣宋人有得遺契者密數其齒曰吾富可待矣事出列子說符篇註遺棄也齒謂刻處似齒凡之術或者其類是歟凡之不信今使號於天下曰孰爲李睦州友者今欲已睦州氣術者左袒不欲者右袒漢書周勃入北軍令軍中曰爲呂氏右袒爲劉氏左袒註袒脫衣袖而肉袒也左右者謂止偏脫其一耳則凡凡之友皆左袒矣則又號曰孰爲李睦州客者今欲已睦州氣術

者左袒不欲者右袒則凡兄之客皆左袒矣則又以是號於兄之宗族皆左袒矣號姻婭則左袒矣號下有於字則下有皆字爾雅云婿之父爲姻婦之父爲婚兩婿相謂爲婭入而號之閨門之内子姓親昵則子姓親昵皆左袒矣下之號於臧獲僕妾則臧獲僕妾皆左袒矣方言燕齊之間罵奴曰臧罵婢曰獲又男而婿婢曰臧女而婦奴曰獲風俗通云臧罪役入爲官奴婢獲智逃亡獲得奴婢也出而號於素爲將率胥吏者率一作卒則將率胥吏皆左袒矣則又之天下號曰孰爲李睦州讐者今欲

已睦州氣術者左祖不欲者右祖則凡兄之讐者皆右祖矣然則利害之源不可知也一無不字友者欲久存其道客者欲久存其利宗族姻婭欲久存其戚闈門之内子姓親昵欲久存其恩臧獲僕妾欲久存其主將率胥吏欲久存其勢讐欲速去其害文勢機軸從戰國策鄒忌謂其妻妾與客我孰與城北徐公美數語來兄之爲是術凡今天下欲兄久存者皆懼而欲兄速去者獨喜兄爲而不已則是背親而與讐夫背親而與讐不及

中人者皆知其爲大戾而兄安焉固小子之所懍懍也（懍音凜）兄其有意乎卓然自更（平聲）使讋者失望而慄親者得欲而抃則愚頋推肥牛擊大豕刲羣羊以爲兄饟（刲傾畦切饟許旣切）窮隴西之麥殫江南之稻以爲兄壽釃東海之水以爲鹹醯敖倉之粟以爲酸極五味之適致五藏之安（藏才浪切心肺肝脾腎謂之五藏）心恬而志逸貌美而身胖（蒲潘切大也）醉飽謳歌愉懌訢歡（訢與欣同）流聲譽於無窮垂功烈而不刊不亦旨哉孰

與去味以卽淡去樂以卽愁悴悴焉膚日皺（皺側救切）肌日虛守無所師之術尊不可傳之書悲所愛而慶所憎徒曰我能堅壁拒境以爲强大是豈所謂强而大也哉無任疑懼之甚謹再拜

河東先生集卷第三十二

東吳郭粵
彫於書椋

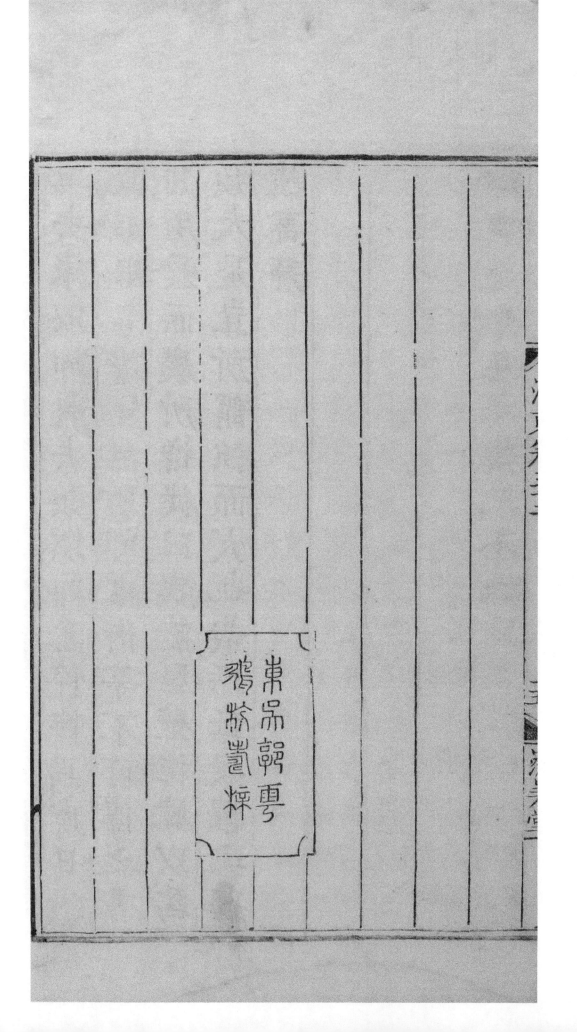

河東先生集卷第三十三

書

與楊誨之書 一云與誨之再說車敦勉用和書誨之憑子也

公集有與憑書此元和五年作

足下幼時公楊氏壻故識誨之幼時未有以異於衆童僕未始知足下及至潭州貞元十八年九月以太常卿楊憑爲潭州刺史湖南觀察使乃見足下氣益和業益專端重而少言私心乃喜永貞元年九月公貶邵州刺史十一月再貶永州司馬過潭州見誨之知舜之陶器不苦窳爲信史記舜紀陶河濱器

不苦窳。窳音庾病也又器中空然而舜之德可以及土泥而不化其子孟子舜之子亦不肖何哉是又不可信也則足下本有異質而開發之不早耳然開發之要在陶煦吁句切温也然後不失其道則足下亦教諭之至固其進如此也自今者再見足下文益奇藝益工而氣質不更於潭州時乃信知其良也中之正不惑於外君子之道也然則顯然翹然秉其正以抗於世世必爲敵讐何也善人少不善人多故愛足下者少而害足下者多吾固欲其方其中圓其外令爲足下作說車（說在集中）可詳觀之車之說其有益乎行於世也足下所持韓生毛穎傳來僕甚奇其書恐世人非之今作數百言知前聖不必罪俳也○（公有題毛穎傳俳音排戲也）及賀州所未有者文又三篇（元和四年七月憑自京兆尹貶臨賀尉）此言皆不欲出於世者足下默觀之藏焉無或傳焉吾望之至也今日有北人來示將籍田敕（按憲宗紀元和五年十月詔以來年正月十六日東郊籍田）是舉數十年之墜典

必有大恩澤犮人之究聞於朝先是御史中丞李夷簡彈憑爲江西觀察使時贓罪以是貶今是舉也必復太任醜正者莫敢肆其吻矣甚賀甚賀僕罪大不得與於恩澤然其喜不臧之足下者然下一無其字臧下一無之字何也喜聖朝舉數十年墜典太平之路果辟音闢則吾之昧昧之罪吾下一無之字亦將有時而明也方築愚溪東南爲室耕野田圃堂下以詠至理吾有足樂也一無吾字足下過今年當侍從北下僕得歸溪上設肴酒以候趨拜足下

發南州當先示僕得與獵夫漁老上下水陸擇味以給膳羞雖不得久亦一時之大願也過是無可道福來辭行急福來誨之之隸不可留言不盡所發不具某頓首

與楊誨之第二書一云與楊誨之疏解車義第二書此

元和六年作

張操來致足下四月十八日書始復去年十一月書復前書也言說車之說及親戚相知之道是二者吾於足下固具焉不疑又何逾歲時

而乃克也（一無而字）徒親戚不過其勤讀書決科求仕不爲大過如斯已矣告之而不更則憂憂則思復之（思一作冀）復之而又不更則悲悲則憐之何也戚也安有以堯舜孔子所傳者而往責焉者哉徒相知則思責以堯舜孔子所傳者就其道施於物斯已矣告之而不更則疑疑則思復之復之而又不更則去之何也外也安有以憂悲且憐之之志而強役焉者哉吾於足下固具是二道（公娶憑弟凝之女）雖百復

之亦將不已況一二敢怠於言乎僕之言車也以内可以守外可以行其道今子之説曰柔外剛中子何取於車之疏耶果爲車柔外剛中則未必不爲獘車（獘一作敗）果爲人柔外剛中則未必不爲恒人夫剛柔無常位皆宜存乎中有召焉者在外則出應之應之咸宜謂之時中（中庸曰君子而時中）然後得名爲君子必曰外恒柔則遭夾谷武子之臺（家語相魯篇定公與齊侯會于夾谷孔子攝相事斬侏儒又使仲由隳三都公山弗擾率費人以襲魯孔子以公登武子之臺

命申句須樂頎勒士衆下伐之及爲蹇蹇匪躬易王臣蹇蹇匪躬之故

以革君心之非孟子大人格君心之非莊以莅乎人論語知及之仁能守之不莊以涖之則民不敬君子其不克歟中恒剛

則當下氣怡色禮記子事父母婦事舅姑下氣怡聲濟濟切切禮記祭義子之言祭濟濟漆漆然今子之祭無濟濟漆漆何也註漆漆讀如朋友切切濟濟切切皆容貌哀矜淑問之事書皇帝哀矜庶戮之不辜詩淑問如皐陶

君子其卒病歟吾以爲剛柔同體應變若化然後能志乎道也今子之意近是也其號非也號名也內可以守外可以行其道吾以爲至

矣而子不欲焉是吾所以惕惕然憂且疑也

今將申告子以古聖人之道聖一作賢書之言堯

曰允恭克讓言舜曰溫恭允塞禹聞善言則

拜出孟子湯乃改過不悋與吝同高宗曰啓乃心

沃朕心惟此文王小心翼翼詩大明之文曰翼翼恭謹貌

昃不暇食書文王自朝至于日中昃不遑暇日坐以待旦孟子周公

思兼三王以思四事仰而思之夜以繼日幸而得之坐以待旦武王引天下

誅紂而代之位其意宜肆而曰予小子不敢

荒寧書高宗諒陰三年不言乃雍不敢荒寧非武王也周公踐天子

之位握髮吐哺孔子曰言忠信行篤敬其弟子言曰夫子溫良恭儉讓以得之今吾子曰自度不可能也然則自堯舜以下與子果異類耶樂放弛而愁檢局雖聖人與子同聖人能求諸中以厲乎已久則安樂之矣子則肆之其所以異乎聖者（一作聖人者）在是決也若果以聖與我異類則自堯舜以下皆宜縱目卬鼻（縱目謂非橫目卬鼻謂鼻向上○卬即仰字或音昂）四手八足鱗毛羽鬣飛走變化然後乃可苟不爲是則亦人

耳而子舉將外之耶若然者聖自聖賢自賢衆人自衆人咸任其意又何以作言語立道理千百年天下傳道之是皆無益於世一有間字獨遺好事者藻繢文字以矜世取譽聖人不足重也重一作道故曰中人以上可以語上唯上智與下愚不移吾以子近上智今其言曰自度不可能也則子果不能爲中人以上耶吾之憂且疑者以此凡儒者之所取大莫尚孔子孔子七十而縱心彼其縱之也度不踰矩

而後縱之今子年有幾自度果能不踰矩乎而遽樂於縱也傳説曰唯狂克念作聖書多方之辭非傳説之言也今夫狙猴之處山叫呼跳梁其輕躁狠戾異甚然得而縶之未半日則定坐求食唯人之爲制其或優人得之加鞭箠狎而擾焉跪起趨走咸能爲人所爲者未有一焉狂奔掣頓掣尺列切踣斃自絶踣蒲北切仆也故吾信夫狂之爲聖也一無故字今子有賢人之資反不肯爲狂之克念者而曰我不能我不能一本無下我不能三字

捨子其孰能乎是孟子之所謂不爲也非不能也凡吾之致書爲説車皆聖道也今子曰我不能爲車之説但當則法聖道而内無愧乃可長久嗚呼吾車之説果不爲聖道耶吾以内可以守外可以行其道告子今子曰我不能翦翦拘拘以同世取榮吾豈教子爲翦翦拘拘者哉子何考吾説車之不詳也吾之所云者其道自堯舜禹湯高宗文王武王周公孔子皆由之而子不謂聖道抑以吾爲與

世同波工爲翦翦拘拘者以是教已固迷吾
文而懸定吾意甚不然也聖人不以人廢言
吾雖少時與世同波然未嘗翦翦拘拘也又
子自言處衆中偪仄擾攘欲棄去不敢猶勉
強與之居苟能是何以不克爲車之說耶一無克字
恐汚雜囂譁尚可恭其體貌遜其言辭何
故不可吾之說吾未嘗爲佞且僞其旨在於
恭寬退讓以售聖人之道及乎人一本人上更有生字
如斯而已矣堯舜之讓禹湯高宗之戒文王

之小心武王之不敢荒寧周公之吐握孔子之六十九未嘗縱心彼七八聖人者所爲若是豈恒媿於心乎慢其貌肆其志一作文茫洋而後言偃蹇而後行道人是非不顧齒類人皆心非之曰是禮不足者甚且見罵如是而心灰不媿耶聖人之禮讓其且爲僞乎爲佞乎今子又以行險爲車之罪夫車之爲道豈樂行於險耶度不得已而至乎險期勿敗而已耳一作矣夫君子亦然不求險而利也故曰

危邦不入亂邦不居國無道其默足以容禮記中庸之文不幸而及於危亂期勿禍而已耳且子以及物行道爲是耶非耶伊尹以生人爲己任孟子伊尹曰天之生斯民也使先知覺後知使先覺覺後覺予天民之先覺者也孟子曰其自任以天下之重如此管仲疊浴以伯濟天下孔子仁之國語魯莊公束縛管仲以與齊使比至三疊三浴之注以香塗身曰疊亦或爲薰謂以香薰草藥沐浴論語管仲相桓公伯諸侯一匡天下又曰桓公九合諸侯不以兵車管仲之力也如其仁如其仁○疊通作釁伯與覇同凡君子爲道捨是宜無以爲大者也今子書數千言子下一無之字

皆未及此則學古道爲古辭尨然而措於世其卒果何爲乎是之不爲而甘羅終軍以爲慕棄大而録小賊本而貴末夸世而釣奇苟求知於後世以聖人之道爲不若二子僕以爲過矣彼甘羅者左右反覆得利棄信使秦背燕之親巳而反與趙合以致危於燕史記甘羅年十二事秦相文信侯呂不韋時燕王喜使太子册入質于秦秦使張唐往相燕欲與燕共伐趙以廣河間之地甘羅使趙說趙王曰王聞燕太子入質秦歟曰聞之曰聞張唐相燕歟曰聞之燕太子册入秦張唐相燕者燕秦不相欺也燕秦不相欺者伐趙危矣王不

聳一作縱

如齊臣王城以廣河間請歸燕燕太子與強秦攻弱燕趙王立割五城以廣河間秦歸燕燕太子趙攻燕得上谷三十城令秦有十一天下是以益知秦無禮不信視函谷關若虎豹之窟羅之徒實使然也子而慕之非夸世歟彼終軍者漢書終軍字子雲濟南人武帝時爲諫大夫誕譎險薄譎古穴切不能以道匡漢主好戰之志視天下之勞若觀蟻之移穴詭而不戚人之死於胡越者赫然千里不能諫而又聳踴之聳踴獎勸也巳則決起奮怒掉強越挾淫夫以媒老婦欲蠱奪人之國智不能斷

而俱死焉（初南越文王遣其太子嬰齊入宿衛取邯鄲樛氏女生子興文王卒嬰齊立嬰齊卒興立尊其母爲太后太后自未爲嬰齊姬時嘗與霸陵人安國少季通元鼎四年武帝使少季往諭興與令入朝比內諸侯而令終軍等宣其辭勇士魏臣等輔其決少季往復與太后私通國人多不附太后五年南越相呂嘉遂攻殺與太后及終軍等）是無異盧狗之遇嗾（盧田犬詩有盧令令是也冀隴間謂使犬曰嗾左）（傳宣二年公嗾夫獒〇嗾音叟）呀呀而走（呀虛加切）不顧險阻唯嗾者之從何無已之心也子而慕之非釣奇歟二小子之道吾不欲吾子言之孔子曰是聞也非達也使二小子及孔子氏（一無氏字）會不

◎

得與於琴張叔皮狂者之列孟子敢問何如斯可謂狂矣曰如琴張曾晳牧皮者孔子之所謂狂矣琴張琴牢也是固不宜以爲的也且吾子之要於世者處耶出耶主上以明聖一作聖明一無以字進有道與大化枯槁伏匿縲錮之士皆思踴躍洗沭期輔堯舜萬一有所不及丈人方用德藝達於邦家爲大官以立於天下吾子雖欲爲處何可得也則固出而已矣將出於世而仕一無而仕未二十而任其心吾爲子不取也馮婦好搏虎卒爲善士孟子晉人有馮

婦者善搏虎卒爲善士周處狂横一旦改節晉書周處字子隱義
興人縱情肆慾州里患之處自知爲人所惡謂父老曰何苦不樂父老曰三害未除處曰
何也答曰南山白額虎長橋下蛟并子爲三矣處乃入山射猛虎投水搏蛟厲志好學志
存義烈克己朞年州府交辟皆老而自克今子素善士年
又甚少血氣未定而忽欲爲阮咸嵇康之所
爲守而不化不肯入堯舜之道此甚未可也
吾意足下所以云云者惡佞之尤而不恱於
恭耳觀過而知仁彌見吾子之方其中也其
乏者獨外之圓耳屈子曰懲於羹者而吹虀

楚辭九章懲於羹者而吹虀兮何不變此之志也吾子其類是歟佞之惡而恭反得罪聖人所貴乎中者能時其時也苟不適其道則肆與佞同山雖高水雖下其爲險而害也要之不異足下當取吾說車申而復之非爲佞而利於險也明矣吾子惡乎佞而恭且不欲今吾又以圓告子則圓之爲號固子之所宜甚惡方於恭也又將千百焉千一作十一然吾所謂圓者不如世之突梯苟冐屈原卜居突梯滑稽王逸注轉隨俗也以矜利乎已者也固

若輪焉非特於可進也銳而不滯亦將於可退也安而不挫欲如循環之無窮不欲如轉丸之走下也乾健而運離麗而行夫豈不以圓克乎而惡之也吾年十七（貞元五年公年十七）求進士四年乃得舉（貞元九年公中進士第）二十四求博學宏詞科（貞元十二年公年二十四）二年乃得仕（貞元十四年公得集賢正字）其間與常人爲羣輩數十百人（常一作恒）當時志氣類足下時遭訕罵詬辱不爲之面則爲之背積八九年日思摧其形鋤其氣雖甚

自折挫然巳得號爲狂踈人矣及爲藍田尉
留府庭旦暮走謁於大官堂下與卒伍無別
居曹則俗吏滿前更說買賣商筭贏縮又二
年爲此度不能去益學老子一無老子二字和其光
同其塵雖自以爲得然巳得號爲輕薄人矣
及爲御史郎官自以登朝廷利害益大愈恐
懼思欲不失色於人雖戒礪加切然卒不免
爲連累廢逐猶以前時遭狂踈輕薄之號既
聞於人爲恭讓未洽故罪至而無所明之到

永州七年矣蚤夜惶惶追思咎過往來甚熟
講堯舜孔子之道亦熟蓋知出於世者之難
自任也今足下未爲僕嚮所陳者宜乎欲任
已之志此與僕少時何異然循吾嚮所陳者
而由之然後知難耳今吾先盡陳者不欲足
下如吾更訕辱被稱號已不信於世而後知
慕中道費力而多害故勤勤焉云爾而不已
也子其詳之熟之無徒爲煩言往復幸甚又
所言書意有不可者令僕專專爲掩匿覆蓋

之慎勿與不知者道此又非也凡吾與子往復皆爲言道道固公物非可私而有假令子之言非是則子當自求暴揚之（一無揚字）使人皆得刺列（一無得字）卒采其可者以正乎已然後道可顯達也（一無可字）今乃專欲覆蓋掩匿是固自任其志而不求益者之爲也士傳言庶人謗於道（左傳襄十四年所載師曠之言）子產之鄉校不毀（左傳襄三十一年鄭人游于鄉校以論執政然明曰毀鄉校何如子產曰何爲夫人朝夕退而游焉以議執政之善否其所善者吾則行之其所惡者吾則改之是吾師也若之何毀之）獨

何如哉君子之過如日月之蝕又何蓋乎是事吾不能奉子之教矣幸悉之足下所爲書言文章極正其辭與雅後來之馳於是道者吾子且爲蒲捎駃騠何可當也史記武帝伐大宛得千里馬號蒲捎漢書稱秦相燕人惡之燕王燕王食以駃騠孟康駃騠駿馬生七日而超其母○捎所交切駃騠音決題其說韓愈處甚好其他但用莊子國語文字太多反累正氣果能遺是則大善矣憂閔廢錮悼籍田之罷元和五年十一月九日勑罷來歲籍田籍意思懇懇誠愛我厚者吾自度罪大敢

以是爲欣且戚耶但當把鋤荷鍤一作臿鍪也夬

溪泉爲圃以給茹其隟與隙同則浚溝池藝樹

木行歌坐釣望青天白雲以此爲適亦足老

死無戚戚者時時讀書不忘聖人之道已不

能用有我信者則以告之朝廷更宰相來元和

六年正月以李吉甫爲相政事益修丈人日夕還北闕吾

待子郭南亭上期口言不久矣至是當盡吾

說今因道人行粗道大旨如此粗坐五切疏也宗元

白

答貢士沈起書（沈不詳其何所人所謂見於興化里當是）

（貞元末年在京時作）

九月某白沈侯足下無恙蒼頭至（蕭望之傳出入從蒼頭廬兒顏師古曰官府給賤役者也）得所來問志氣盈牘博我以風賦比興之旨（論語謂博我以文也一有甚厚二字）僕之樸騃專魯（騃語駭切）而當惠施鍾期之位（莊子惠施多方其書五車列子伯牙鼓琴意在山鍾子期曰巍巍乎意在水子期曰湯湯乎子期伯牙遂絕絃以世無知音也）深自恧也（恧女六切）又覽所著文宏博中正富我以琳琅珪璧之寶甚厚僕之狹陋蚩

鄙而膺東阿昭明之任魏志曹植字子建武帝第三子初封東阿王梁武帝之子蕭統嘗集文選三十卷謚昭明太子昔善論文又自懼也烏可取識者歡笑以爲知已羞進越高視僕所不敢然特枉將命猥承厚貺豈得固拒雅志默默而已哉謹以所示布露于聞人羅列乎坐隅乎一作于使識者動目聞者傾耳幾於萬一用以爲報也嗟乎僕嘗病興寄之作堙鬱於世辭有枝葉禮記天下有道行有枝葉天下無道辭有枝葉蕩而成風益用慨然間歲與化里蕭氏之廬覿足下

詠懷五篇僕乃拊掌愜心吟玩爲娛告之能者誠亦響應今乃有五十篇之贈其數相什其功相百覽者歎息謂余知文此又足下之賜也幸甚幸甚勉懋厥志以取榮盛時若夫古今相變之道質文相生之本高下豐約之所自長短大小之所出子之言云又何訊焉來使告遽不獲申盡輒草具以備還答不悉宗元白

賀進士王參元失火書 王參元史不得而詳書云

吳武陵謫永在元和四年此書當四年後永州作

得楊八書知足下遇火災家無餘儲僕始聞而駭中而疑終乃大喜蓋將弔而更以賀也左傳其可弔也而又賀之公采其語道遠言略猶未能究知其狀若果蕩焉泯焉一無泯焉二字而悉無有乃吾所以尤賀者也足下勤奉養樂朝夕惟恬安無事是望也望下一無也字今乃有焚煬赫烈之虞煬音漾炙也熱也以震駭左右一無駭字而脂膏滫瀡之具或以不給秦人叟曰滫齊人滑曰瀡禮記滫瀡以滑之脂膏以膏之謂調和飲

食○滑息有切滑息委切吾是以始而駭也凡人之言皆
曰盈虛倚伏老子禍兮福所倚福兮禍所伏去來之不可常
或將大有為也乃始厄困震悸其季切於是有
水火之孽衣服歌謠草木之怪謂之妖禽獸蟲蝗謂之孽有羣小之
慍詩憂心悄悄慍于羣小勞苦變動而後能光明古之
人皆然斯道遼闊誕漫雖聖人不能以是必
信是故中而疑也以足下讀古人書為文章
舍小學其為多能若是而進不能出群士之
上以取顯貴者蓋無他焉一本作無他故焉京城人

多言足下家有積貨士之好廉名者皆畏忌不敢道足下之善獨自得之心蓄之銜恐而不出諸口以公道之難明而世之多嫌也一出口則嗤嗤者以爲得重賂僕自貞元十五年見足下之文章蓄之者蓋六七年未嘗言是僕私一身（一身作己）而負公道久矣非特負足下也及爲御史尚書郎自以幸爲天子近臣得奮其舌思以發明足下之鬱塞然時稱道於行列猶有顧視而竊笑者僕良恨脩己之

不亮素譽之不立而爲世嫌之所加常與孟
幾道言而痛之孟簡字幾道乃今幸爲天火之所
滌盪盪音蕩一作大天凡衆之疑慮疑一作所舉爲灰埃
黔其廬黔音鈐赭其垣赭音者一作赫以示其無有而
足下之才能乃可顯白而不汚可下一有以字其實
出矣是祝融回祿之相吾子也左傳昭二十九年顓頊有子黎爲祝融是爲火正又八年葆火於玄冥回祿謂火神也則僕與幾道
十年之相知一無相字不若茲火一夕之爲足下
譽也宥而彰之使夫蓄於心者咸得開其喙

許積切發策決科者揚子須以發策決科漢之明經必爲問難疑義書之於策量其大小署爲甲乙之科列而置之不使彰顯有欲射之隨其所取得而釋之故云授子而不慄雖欲如嚮之蓄縮受侮其可得乎於玆吾有望於爾一作於子是以終乃大喜也古者列國有災同位者皆相吊許不吊災君子惡之左傳昭公十八年宋衛陳鄭災陳不救火許不吊災君子是以知陳許之亡也今吾之所陳若是有以異乎古故將吊而更以賀也元和二年參元中進士第更下無以字顔曾之養其爲樂也大矣又何闕焉足下前要僕文章古

書一本文章二字作學字極不忘候得數十幅乃併往耳吳二十一武陵來言足下爲醉賦及對問大善可寄一本僕近亦好作文一無亦字與在京城時頗異思與足下輩言之桎梏甚固未可得也因人南來致書訪死生不悉宗元白

河東先生集卷第三十三

東吳郜雲鵬校壽梓

河東先生集卷第三十四

書

與太學諸生喜詣闕留陽城司業書

城字亢宗自諫議大夫遷國子司業以事出爲道州刺史太學諸生詣闕請留之公遺諸生書勉厲其志時公作集賢正字云

二十六日貞元十四年九月也集賢殿正字柳宗元敬致尺牘牘書版也長一尺故云尺牘太學諸生足下始朝廷用諫議大夫陽公爲司業陽城傳德宗召城爲諫議大夫及裴延齡誣逐陸贄張滂李充等城乃約拾遺王仲舒守延英閤上疏極論延齡罪且顯

（語曰延齡爲相吾嘗取白麻壞之貞元十一年七月坐是下遷國子司業）諸生陶煦醇懿熈然大洽于玆四祀而巳詔書出爲道州（貞元十四年太學生薛約言事得罪謫連州城送之郊外帝惡城黨有罪出爲通州刺史）僕時通籍光範門（通籍者按漢書註爲二尺竹牒記其年紀名字物色懸之宮門按省相應乃得入是爲通籍）就職書府聞之悒然不喜非特爲諸生戚戚也乃僕亦失其師表而莫有所矜式焉（一有旣字）而署吏有傳致詔草者僕得觀之蓋主上知陽公甚熟嘉美顯寵勤至備厚乃知欲煩陽公宣風裔土（一無知字）

覃布美化于黎獻也遂寬然少喜如獲慰薦于天子休命然而退自慼悼幸生明聖不諱之代不能布露所蓄論列大體聞於下執事兾少見採取而還陽公之南也翌日退自書府就車于司馬門外聞之於抱關掌管者道諸生愛慕陽公之德教不忍其去頓首西闕下懇悃至願乞留如故者百數十人城之出太學諸生何蕃李儻王魯卿李譚等二百人頓首闕下請留城守闕下數日爲吏遮抑不得上輒用撫手喜甚震抃不寧不意古道復形于

今僕嘗讀李元禮（李元禮李膺也傳云太學諸生三萬餘人郭林宗賈偉節爲之冠竝與李膺陳蕃王暢更相褒重學中語曰天下模楷李元禮）嵇叔夜傳（晉書嵇叔夜名康坐呂安事將刑東市太學生三千人請以爲師不許）觀其言太學生徒仰闕赴訴者僕謂訖千百年不可覩聞乃今日聞而覩之誠諸生見賜甚盛於戲（音烏呼）始僕少時嘗有意遊太學受師說以植志持身焉當時說者咸曰太學生聚爲朋曹侮老慢賢有墮窳（窳音庾）敗業而利口食者有崇飾惡言而肆鬭訟者（左傳文十八年毀信廢忠崇飾

(惡言)有凌傲長上而誶罵有司者(漢書立而誶語○誶蘇內切責讓也)其退然自克特殊於衆人者無幾耳僕聞之恟駭怛悸(恟許勇虛容二切怛當割切悸其季切)良痛其遊聖人之門而衆爲是嚃嚃也(孟子事君無義進退無禮言則非先王之道者猶嚃嚃也○嚃徒合切與沓同)遂退託鄉閭家塾考厲志業過太學之門而不敢跼顧尚何能仰視其學徒者哉今乃奮志厲義出乎千百年之表何聞見之乖刺歟(刺盧達切)豈說者過也將亦時異人異無嚮時之桀害者耶其無乃

陽公之漸漬導訓漸子廉切漬疾智切明效所致乎夫如是服聖人遺教居天子太學可無愧矣於戲陽公有博厚恢弘之德能并容善僞一無并字來者不拒曩聞有狂惑小生謂薛約也依託門下或乃飛文陳愚醜行無賴而論者以爲言謂陽公過於納汙左傳川澤納汙無人師之道是大不然仲尼吾黨狂狷論語吾黨之小子狂簡斐然成章不知所以裁之○狷古顯切又古縣切南郭獻譏荀子法行篇南郭惠子問於子貢曰夫子之門何其雜也子貢曰君子正身以俟欲來者不拒欲去者不止良醫之門多病人櫽括之側

多枉木是曾參徒七十二人致禍負芻孟子曾子
居武城有越寇曾子曰無寓人於我室毀傷
其薪木寇退則曰脩我墻屋我將反左右曰
寇至則先去以爲民望寇退則反殆於不可
沈猶行曰是非汝所知也昔沈猶有負芻之
禍從先生者七十人未有與焉孟軻館齊從者竊屨孟子之滕館於
上宮有業屨於牖上館人求之不得或曰若
是乎從者之廋也曰子以是爲竊屨來與曰
殆也非彼一聖兩賢人繼爲大儒然猶不免如
之何其拒人也見論語子張篇俞扁之門俞跗扁鵲皆良醫也
不拒病夫繩墨之側不拒枉材師儒之席不
拒曲士理固然也且陽公之在于朝四方聞

風仰而尊之貪冒苟進邪薄之夫庶得少沮其志不遂其惡雖微師尹之位而人實具瞻焉與其宣風一方覃化一州其功之遠近又可量哉諸生之言非獨爲已也於國體實甚宜願諸生勿得私之（一無得字）想復再上故少佐筆端耳勗此良志（勗音旭）俾爲史者有以紀述也努力多賀（努奴古切勉也）柳宗元白

答韋中立論師道書（中立史無傳新史年表云潭州刺史彪之孫不書爵位觀其求師好學之志公答以數千言盡

以平生爲文眞訣告之必當時
佳士也書中謂余居南中九年
此書元和八年在永作集有送韋七秀才下第序言中立文高行愿而不錄於有司當在此書後作中立於元和十四年中第

二十一日宗元白辱書云欲相師僕道不篤業甚淺近環顧其中未見可師者雖常好言論爲文章甚不自是也不意吾子自京師來蠻夷間乃幸見取僕自卜固無取假令有取亦不敢爲人師爲衆人師且不敢況敢爲吾子師乎孟子稱人之患在好爲人師由魏晉

氏以下人益不事師今之世不聞有師有輙譁笑之以爲狂人獨韓愈奮不顧流俗犯笑侮收召後學作師説因抗顏而爲師世果羣怪聚駡指目牽引而增與爲言辭愈以是得狂名居長安炊不暇熟又挈挈而東如是者數矣洪興祖曰子厚與韋中立書云韓愈奮不顧流俗犯笑侮收召後學作師説因抗顏而爲師云云報嚴厚輿書云僕才能勇敢不如退之故不爲人師余觀退之師説非好爲人師者也學者不歸子厚歸退之故子厚有此説耳屈子賦曰邑犬羣吠吠所怪也出懷沙賦僕往聞庸蜀之南恒雨

少日日出則犬吠余以爲過言前六七年僕來南二年冬幸大雪踰嶺被南越中數州數州之犬皆蒼黃吠噬狂走者累日至無雪乃已然後始信前所聞者今韓愈既自以爲蜀之日而吾子又欲使吾爲越之雪不以病乎非獨見病亦以病吾子然雪與日豈有過哉顧吠者犬耳李石曰退之爲蜀之日子厚爲越之聖夫師至二子可無憾也然尚以怪取敗是知師道固難矣樓昉曰此子厚薄處度今天下不吠者幾人而誰敢衒怪於羣目以召閙取怒乎

僕自謫過以來益少志慮居南中九年增脚氣病漸不喜鬧豈可使呶呶者早暮咈吾耳騷吾心則固僵仆煩憒僵音姜憒古對切逾不可過矣平居望外遭齒舌不少獨欠爲人師耳抑又聞之古者重冠禮將以責成人之道是聖人所尤用心者也數百年來人不復行近有孫昌胤者獨發憤行之既成禮明日造朝至外廷薦笏薦搢也言於鄉士曰某子冠畢應之者咸憮然憮音武攺容也京兆尹鄭叔則貞元初鄭叔則爲京

兆尹五年二月貶永州刺史怫然曳笏却立曰何預我耶
廷中皆大笑天下不以非鄭尹而快孫子何
哉獨爲所不爲也今之命師者大類此吾子
行厚而辭深凡所作皆恢恢然有古人形貌
雖僕敢爲師亦何所增加也假而以僕年先
吾子聞道著書之日不後誠欲往來言所聞
則僕固願悉陳中所得者吾子苟自擇之取
某事去某事則可矣若定是非以教吾子僕
材不足而又畏前所陳者其爲不敢也決矣

吾子前所欲見吾文既悉以陳之非以耀明于子聊欲以觀子氣色誠好惡何如也今書來言者皆大過吾子誠非佞譽誣諛之徒直見愛甚故然耳始吾幼且少爲文章以辭爲工及長乃知文者以明道是固不苟爲炳炳烺烺（烺音朗炳烺火明貌一本作炳炳爗爗音郎）務采色夸聲音而以爲能也凡吾所陳皆自謂近道而不知道之果近乎遠乎吾子好道而可吾文或者其於道不遠矣故吾每爲文章未嘗敢以輕心

掉之（掉徒弔切）懼其剽而不留也（剽匹妙切）未嘗敢以怠心易之懼其弛而不嚴也未嘗敢以昏氣出之懼其昧沒而雜也未嘗敢以矜氣作之懼其偃蹇而驕也抑之欲其奥揚之欲其明疏之欲其通廉之欲其節激而發之欲其清固而存之欲其重此吾所以羽翼夫道也本之書以求其質本之詩以求其恒本之禮以求其宜本之春秋以求其斷本之易以求其動此吾所以取道之原也參之穀梁氏以厲

其氣絫之孟荀以暢其支絫之老莊以肆其端參之國語以博其趣絫之離騷以致其幽絫之太史以著其潔太史公謂司馬遷也梁劉勰辨騷云唐韓柳爲後世詞宗未嘗極道原而間見於詩文若書韓愈進學解云下逮莊騷太史所録子雲相如同工異曲是以原介莊周司馬遷之間也宗元與韋中立書曰絫之老莊以肆其端絫之之國語以博其趣絫之離騷以致其幽絫之太史以著其絜亦以其辭配莊老太史與韓愈同此吾所以旁推交通而以爲之文也凡若此者果是耶非耶有取乎抑其無取乎吾子幸觀焉擇焉有餘以告焉苟亟來以廣是道

子不有得焉則我得矣又何以師云爾哉取其實而去其名無招越蜀吠恠而爲外廷所笑則幸矣宗元白一作復白

答貢士元公瑾論仕進書公嘗有送元秀才下第東歸序即公瑾也序所謂從計京師受丙科之薦獻藝春卿當三黜之辱與書所謂深寡和之憤積無徒之歎之意同書當在序之前貞元十七八年尉藍田時作

二十八日宗元白前時所枉文章諷讀累日廖致來簡受賜無量然竊觀足下所以殷勤

其文旨者豈非深寡和之憤宋玉對楚王問其曲彌高其和彌寡。和胡卧切積無徒之嘆懷不能已赴訴於僕
乎如僕尚何爲者哉且士之求售於有司或
以文進或以行達者稱之不患無成足下之
文左馮翊崔公先唱之矣秉筆之徒由是增
敬足下之行汝南周頵客又先唱之矣逢掖
之列亦以加慕禮記孔子少居魯衣逢掖之衣註逢大也大袂襌衣也
夫如是致隆隆之譽不久矣又何戚焉古之
道上延乎下下倍乎上上下洽通而薦能之

功行焉故天子得宜爲天子者薦之於天諸侯得宜爲諸侯者薦之於王大夫得宜爲大夫者薦之於君士得宜爲士者薦之於有司薦於天堯舜是也孟子堯薦舜於天舜薦禹於天薦於王周公之徒是也薦於君鮑叔牙子罕子皮是也說苑子貢問孔子今之人臣孰賢孔子曰齊有鮑叔鄭有子皮子貢曰齊無管仲鄭無子產乎子曰吾聞鮑叔之進管仲子皮之進子產未聞管仲子產有所進也薦於有司而專其美者則僕未之聞也是誠難矣古猶難之而況今乎獨不得與足下偕生中古

之間進相援也退相拯也已乃出乎今世雖王林國韓長孺復生（說苑魯哀公問於孔子曰當今之時君子誰賢對曰衛靈公有士曰王林國有賢人必進而任之無不達也不能達退而與分其祿而靈公尊之前漢韓安國字長孺所推舉皆廉士賢於己者於梁舉壺遂臧固至它皆天下名士士亦以此稱慕之）不能爲足下抗手而進以取僇笑矧僕之齷齪者哉（齷乙角切齪測角切小節也史記作握齱注急促貌前漢作握齱注局陿也）若將致僕於奔走先後之地而役使之（詩予曰有奔走予曰有先後）則勉充雅素不敢告憊（蒲拜切）嗚呼始僕之志學也甚自尊大頗慕

古之大有爲者汨沒至今自視缺然知其不盈素望久矣上之不能交誠明達德行延孔子之光燭于後來次之未能厲材能興功力致大康于民垂不滅之聲退乃倀倀於下列（倀倀無見貌禮記治國而無禮猶瞽者之無目○倀音棖又丑良切）呫呫於末位（呫他涉切）偃仰驕矜道人短長不亦冒先聖之誅乎固吾不得已耳樹勢使然也（一無使字）穀梁子曰心志旣通而名譽不聞友之過也（出穀梁傳昭公九年）蓋舉知揚善聖人不非況足下有文行

唱之者有其人矣繼其聲者吾敢闕焉其餘去就之說則足下觀時而已不悉宗元白

答嚴厚輿論師道書公嘗有荅韋中立袁君陳書與此書意皆合大抵皆避爲師之名而不當者集又有送嚴公貺下第序厚輿豈即公貺耶荅韋書在元和八年則此書又在後

二十五日某白馮翊嚴生足下得生書言爲師之說怍僕所作師友箴見集中與答韋中立書欲變僕不爲師之志屈己爲弟子屈上一有而字凡僕所爲二文其卒果不異僕之所避者名

也所憂者其實也實不可一日忘僕聊歌以爲箴行且求中以益已慄慄不敢暇又不敢自謂有可師乎人者耳若乃名者方爲薄世笑罵僕脆怯尤不足當也内不足爲外不足當衆口雖懇懇見迫其若吾子何實之要二文中皆是也吾子其詳讀之僕見解不出此吾子所云仲尼之説豈易耶仲尼可學不可爲也學之至斯則仲尼矣未至而欲行仲尼之事若宋襄公好覇而敗國卒中矢而死左傳

僖公二十二年宋人及楚人戰于泓宋師敗績公傷股二十三年五月卒傷于泓故也仲尼豈易言耶馬融鄭玄者二子獨章句師耳今世固不少章句師僕幸非其人吾子欲之其有樂而望吾子者矣言道講古窮文辭以爲師則固吾屬事僕才能勇敢不如韓退之故又不爲人師人之所見有同異吾子無以韓責我若曰僕拒千百人又非也僕之所拒拒爲師弟子名而不敢當其禮者也若言道講古窮文辭有來問我者吾豈嘗瞋目閉

口邪瞋稱人切怒目也敬叔吾所信愛呂恭字敬叔今不
得見其人又不敢廢其言一本無不字郄言字下有哉字吾
子文甚暢遠恢恢乎其闢大路將疾馳也攻
其車肥其馬長其筴卽策字調其六轡詩六轡在手註
駟馬六轡中道之行大都捨是又奚師歟亟謀於
知道者而考諸古師不乏矣幸而亟來亟丘異切
終日與吾子言不敢倦不敢愛不敢肆苟去
其名全其實以其餘易其不足亦可交以爲
師矣如此無世俗累而有益乎已古今未有

好道而避是者宗元白

報袁君陳秀才避師名袁君集不他見以書攷之時在永與韋嚴書相後云

秀才足下僕避師名久矣往在京師後學之士到僕門日或數十人僕不敢虗其來意有長必出之有不至必惎之惎渠記切教也其敎也雖若是當時無師弟子之說其所不樂爲者非以師爲非弟子爲罪也有兩事故不能自視以爲不足爲一也世久無師弟子決爲之且

見非且見見罪懼而不爲二也其大說具答韋
中立書今以往可觀之秀才貌甚堅辭甚強
僕自始覿固奇秀才及見兩文愈益奇雖在
京都日數十人到門者誰出秀才右耶前巳
畢秀才可爲成人（畢一作必）僕之心固虛矣又何
鯤鵬互鄉於尺牘哉（論語互鄉難與言童子見何下一有辱字）秋
風益高暑氣益衰可偶居卒談秀才時見咨
僕有諸內者不敢愛惜（一無惜字）大都文以行爲
本在先誠其中其外者當先讀六經次論語

孟軻書皆經言左氏國語莊周屈原之辭稍采取之（一無取字）穀梁子太史公甚峻潔可以出入餘書俟文成異日討也（討下一有可字）其歸在不出孔子此其古人賢士所懍懍者求孔子之道不於異書（於一作于）秀才志於道慎勿怠勿雜勿務速顯道苟成則慤然爾（慤一作勃）久則蔚然爾（蔚音蔚）源而流者歲旱不涸蓄穀者不病凶年蓄珠玉者不虞殍死矣然則成而久者其術可見雖孔子在爲秀才計未必過此不具

宗元白一本無不具字

答韋珩示韓愈相推以文墨事書退之

書不見於集而其畧粗見於此韋珩夏卿之姪正卿之子夏卿史有傳正卿附見於傳珩載于年表公謂馬遷於退之固相上下而揚雄不若退之其相推遜亦至矣集又有寄珩詩在別卷據書云封示退之書此當與論史書相後先元和八九年間也○珩音行

足下所封示退之書云欲推避僕以文墨事且以勵足下若退之之才過僕數人尚不宜

推避於僕非其實可知一無可知二字固相假借爲
之詞耳退之所敬者司馬遷揚雄遷於退之
固相上下若雄者如太玄法言及四愁賦揚雄
以爲經莫大於易作太玄傳莫大於論語作法言詞莫麗於相如作四賦謂甘泉河東羽
獵長揚賦後人妄加愁字也退之獨未作耳決作之加愜
奇至他文過揚雄遠甚雄之遣言措意之一作文
頗短局滯澁不若退之猖狂恣睢肆意有所
作一作猖狂恣肆寓意有所作○恣七咨切睢許維許皐二切自得貌若然者
使雄來尚不宜推避而況僕耶彼好獎人善

以爲不屈已舍不可奬故慊慊云爾也慊音歉恨也一無也字足下幸勿信之且足下志氣高好讀南北史書通國朝事穿穴古今後來無能和胡卧切一作加而僕稚騃語駭切卒無所爲但趑趄文墨筆硯淺事趑千咨切趄千余切今退之不以吾子勵僕而反以僕勵吾子愈非所宜然卒篇欲足下自挫抑合當世事以固當丁浪切一無以字雖僕亦知無出此吾子年甚少知已者如麻一無者字不患不顯貞元二十一年玠中進士第患道不立耳此僕

以自勵亦以佐退之勵足下不宜宗元頓首再拜

答貢士廖有方論文書廖生書欲求公爲序其端見於此公既許之公集有送詩人廖有方序見別卷書在永州時作

三日宗元白得秀才書知欲僕爲序然吾爲文非苟然易也於秀才則吾不敢愛吾在京都時好以文寵後輩由吾文知名者亦爲不少焉自遭斥逐禁錮益爲輕薄小兒譁囂群

朋增飾無狀當途人率謂僕垢汚重厚舉將去而遠之今不自料而序秀才秀才無乃未得嚮時之益而受後事之累去聲吾是以懼潔然盛服而與負塗者處易睽見豕負塗塗謂泥塗也而又何賴焉然觀秀才勤懇意甚久遠不爲須刻私利欲以就文雅則吾曷敢以讓當爲秀才言之然而無顯出於今之世視不爲流俗所扇動者乃以示之既無以累秀才亦不增僕之詬罵也計無宜於此若果能是則吾之荒

言出矣元和十一年有方中進士第改名游鄉宗元白

答貢士蕭纂欲相師書一云求爲師書蕭生不詳

其何許人書云始退跡野盧必未尉藍田時作

十二日宗元白始者負戴經籍退跡草廬塊守蒙陋坐自壅塞壅一作擁不意足下曲見記憶遠辱書訊貺以高文開其知思並去聲而又超僕以宗師之位貸僕以丘山之號流汗伏地不知逃匿幸過厚也前時獲足下灌鍾城銘竊用唱導於閩人僕常赧然赧乃板切羞其僭踰

今覽足下尺牘慇勤備厚似欲僕贊譽者此固所願也詳視所貺曠然以喜是何旨趣之博大詞采之蔚然乎鼓行於秀造之列此其戈矛矣舉以見投爲賜甚大俯用尌度不自謂宜顧視何德而克堪哉且又敎以耘其蕪穢甚非所宜僕不敢聞也其他唯命宗元白

報崔黯秀才書

崔黯新史有傳寧之子也後擢進士第一本作崔黯黯新舊史皆無傳此書在永州作

崔生足下辱書及文章辭意良高所嚮慕不

凡近誠有意乎聖人之言然聖人之言期以明道學者務求諸道而遺其辭辭之傳於世者必由於書書謂字書道假辭而明辭假書而傳要之之道而已耳之道謂適道也道之及及乎物而已耳斯取道之內者也今世因貴辭而矜書粉澤以爲工遒密以爲能遒音酋不亦外乎吾子之所言道匪辭而書其所望於僕亦匪辭而書是不亦去及物之道愈以遠乎僕嘗學聖人之道身雖窮志求之不已庶幾可以語

於古恨與吾子不同州部閉口無所發明觀吾子文章自秀士可通聖人之說今吾子求於道也外而望於予也愈外是其可惜歟吾且不言是負吾子數千里不棄朽廢者之意故復云爾也凡人好辭工書者皆病癖也（癖音辟腹病也）吾不幸蚤得二病學道以來日思砭鍼攻熨（砭悲廉波驗二切以石刺病也鍼與針同熨紆勿切火熨也）卒不能去纏結心腑牢甚願斯須忘之而不克竊嘗自毒今吾子乃始欽欽思易吾病不亦惑乎

斯固有潛塊積瘕中子之內藏瘕音退女病也玉篇又攻退攻許二切久病也腹中病也中丁仲切藏才浪切恬而不悟可憐哉其卒與我何異均之二病書字益下而子之意又益下則子之病又益篤甚矣子癖於伎也吾嘗見病心腹人有思啗土炭啗徒濫切與啖同嗜酸鹹者不得則大戚其親愛之者不忍其戚因探而與之東坡醉墨堂詩云乃知柳子語不妄病嗜土炭如珎羞用此事觀吾子之意亦已戚矣吾雖未得親愛吾子然亦重來意之勤有不忍矣誠欲分吾上

炭酸鹹吾不敢愛但遠言其證不可也俟面乃悉陳吾狀未相見且試求良醫爲方已之苟能已大善則及物之道專而易通若積結既定醫無所能已幸期相見時吾決分子其啗嗜者不具宗元白

答吳秀才謝示新文書吳秀才當是武陵族子

其白向得秀才書及文章類前時所辱遠甚多賀多賀秀才志爲文章又在族父處族父想謂吳武陵或曰公自謂其族父柳公綽耳豈吳生隨柳公綽在湖南耶其時元和七年耶一

無多賀二字弁無又在族父處五字蚤夜孜孜何畏不日日新又日新世雖閒不奉對苟文益日新則若函見矣夫觀文章宜若懸衡然增之銖兩則俯反是則仰無可私者秀才誠欲令吾俯乎則莫若增重其文今觀秀才所增益者不啻銖兩吾固伏膺而俯矣禮記得一善拳拳服膺而弗失之謂奉持之也一無膺字愈重則吾俯茲甚秀才其懋焉苟增而不已則吾首懼至地耳又何閒疎之患乎還

荅不悉宗元白

復杜溫夫書一云復杜溫夫所用乎歟耶哉已焉也八字書溫夫集不能見按韓愈以元和十四年謫潮州書中及之此書必十四年春作

二十五日宗元白兩月來三辱生書書皆逾千言意者相望僕以不對答引譽者望怨也然僕誠過也而生與吾文又十卷噫亦多矣文多而書頻吾不對答而引譽宜可自反而來徵不肯相見肯一作日函拜函問其得終無辭乎凡生十卷之文吾已略觀之矣吾性騃滯多

所未甚諭安敢懸斷是且非耶書拒吾必曰周孔拒與抵同周孔安可當也語人必於其倫出禮記生以直躬見拒論語吾黨有直躬者直躬謂直道也宜無所諛道而不幸乃曰周孔吾豈得無駭怪且疑生悖亂浮誕無所取幅尺以故愈不對答來柳州見一刺史即周孔之元和十年公自永州召至京尋復謫柳州刺史今而去我道連元和十年三月以劉禹錫爲連州刺史而謁於潮元和十四年正月韓愈貶潮州刺史之二邦又得二周孔去之京師京師顯人爲文詞立聲名以千

數又宜得周孔千百何吾生賀中擾擾焉多周孔哉謝昌國曰子厚之論正矣然以史考之方子厚與劉夢得附王叔文也譽之以爲伊周復出是子厚自處初亦未善溫夫以子厚爲周孔若尚可也子厚以叔文爲伊周其可乎子厚爲司馬刺史時必覺今是而昨非非者也非其初之嘗舌于佞則溫夫安得而周孔之哉吾雖少爲文不能自雕斵引筆行墨快意累累倫追切意盡便止亦何所師法立言狀物未嘗求過人亦不能明辨生之才致但見生用助字不當律令唯以此奉答所謂乎歟耶哉夫者疑辭也矣耳焉也者決辭也今

生則一之宜考前聞人所使用與吾言類且異慎思之則一益也庚桑子言雚蠋鵠卵者吾取焉莊子曰奔蠭不能化蠋越雞不能伏鵠卵雚蠋豆雚中大青虫越鷄水鷄○蠋音蜀一作鷄鵠胡沃切道連而謁於潮其卒可化乎然世之求知音者一遇其人或爲十數文郎務往京師急日月犯風雨走謁門戸以冀苟得今生年非甚少而自荊來郴自郴將道連而謁於潮途遠而深矣途下一有愈字則其志果有與乎又狀貌巋然類丈夫巋鷗方切視端形直心

無歧徑其質氣誠可也獨要謹充之爾謹充之則非吾獨能生勿怨（生下一有宜字）亟之二邪以取法時思吾言非固拒生者孟子曰余不屑之教誨也者是亦教誨而已矣宗元白

上門下李夷簡相公陳情書（新史夷簡傳元和十三年召爲御史大夫進門下侍郎同中書門下平章事書當在柳州時作）

日月使持節柳州諸軍事守柳州刺史柳宗元謹再拜獻書于相公閣下宗元聞有行三

塗之艱一有難字而墜千仞之下者左傳昭公四年晉司馬侯曰四嶽三塗陽城太室荊山終南九州之險也杜氏註三塗在河南陸渾縣南仰望於道號以求出過之者日千百人皆去而不顧就令家而顧之者不過攀木俯首深矉太息矉音賓張目也恨視也良久而去耳其卒無可柰何然其人猶望而不止也俄而有若烏獲者烏獲秦武王時有力人也持長綆千尋綆古杏切汲井繩也徐而過焉其力足為也其罷足施也號之而不顧顧而曰不能力則其人知必死於大壑矣何也是

時不可遇而幸遇焉而又不逮乎已然後知命之窮勢之極其卒呼憤自斃（音弊）不復望於上矣宗元曩者齒少心銳徑行高步不知道之艱以陷乎大阨窮躓殞墜廢爲（躓陟利切 殞羽敏切）孤囚日號而望者十四年矣（永貞元年至是元和十三年爲十四年矣）其不顧而去與顧而深曠者俱不乏焉然猶仰首伸吭張目而視（吭下浪居郎二切咽也）曰庶幾乎其有異俗之心非常之力當路而垂仁者耶今閤下以仁義正直入居相位宗元實

竊揣心自慶以爲獲其所望故敢致其詞以聲其哀若又捨而不顧則知沉埋踣斃無復振矣（踣蒲墨切）伏惟動心焉宗元得罪之由致謗之自以閣下之明其知之久矣繁言蔓詞秪益爲黷伏惟念墜者之至窮錫烏獲之餘力舒千尋之綆垂千仞之艱致其不可遇之遇以卒成其幸庶號而望者得畢其誠無使呼憤自斃没有餘恨則士之死於門下者宜無先焉生之通塞決在此舉無任戰汗隕越之

至不宣宗元惶恐再拜

河東先生集卷第三十四

東吳邵雲鵬校壽梓